說給我的孩子聽系列　**面對人生的10堂課**

說給我的孩子聽系列　**面對人生的10堂課**

面對人生的10堂課

生與死

出版序

學校沒有教的事，讓我們說給孩子聽

有好多事，我們想說給孩子聽。

教改實施後，升學壓力仍在，許多家長雖然於心不忍，卻還是得讓孩子面對激烈的學習競爭。「不能輸在起跑點上。」我們常這樣叮嚀孩子，但看到孩子拖著疲累的步伐趕赴學校、補習班，看到孩子的眼神不再有熱情和渴望，對自己失去信心，我們還能說服自己，這一切都是爲他們好嗎？

記得有個朋友曾聊起他的兩個兒子。他的大兒子功課很好，從進小學到畢業，都是第一名；小兒子調皮好動，功課總是吊車尾。他和他太太覺得，上天已經給了他們一個優秀的兒子，如果要求兩個孩子一樣好，那就太貪心了。既然小兒子不是讀書的料，他們對他的教育一向是「快樂就好」，讓他自由參加活動、發展興趣，從不逼他讀書。

上國中後，有一天，小兒子的導師打電話給他：「你兒子的智力測驗全班最高，功課卻很不好，我教書二十多年，從沒見過這種情形。」熱心的導師鼓勵他小兒子讀書，從此成績開始進步，後來考上醫學院，當了醫師。

原來，他小兒子是自覺比不上哥哥才不想唸書。由於父母沒給壓力，他得以自由發展，一直過得很快樂。朋友相信，就算他小兒子功課一直不好，考不上好學校，這種樂觀的態度也會跟著他，使他一生都受益！

聽了這段往事，讓我感觸很深，我想我們做父母的有必要重新思考，什麼樣的教育對孩子最有益？哪些人生建議能眞的幫助他們成長？

其實，教育最初的目的，是幫助一個人了解自己、發展自己，並能在生活中實際參與及互動。讀書考試之外，還有好多我們必須天天面對的事：

金錢——建立正確的金錢觀念，創造價值

時間——培養正確的時間觀念，把握分秒

個體與群體——認同群體，發展自我

溝通與表達——說自己想說的話，與世界相連

興趣與志向——做自己想做的事，發揮所長

身心健康——愛護身體，學習保健之道

生與死——了解生命的價值，體會生命的祝福

邏輯與智慧——提升思考能力，擴展人生格局

對台灣的愛——深化對家鄉的認同與感情

未來生活——展望未來，有自信面對未知的變化

這些事，在教科書裡找不到，考試也不會考，卻與人生幸福息息相關，需要我們說給孩子聽！這些事，就編寫在《說給我的孩子聽——面對人生的10堂課》裡，是您給孩子最好的禮物！每個主題都包含多則小故事，在孩子探索的過程中，您的陪伴將給他們信心，您的分享能減少他們的摸索——每則故事後還附有延伸問答，您和孩子可以輕鬆開啓話匣子，分享彼此的想法。

多麼希望在自己年輕時，也有這樣一套書來說給我們聽，減輕我們人生路上的徬徨與不安。早知道，早幸福，總有一天，孩子也跟我們一樣要面對眞實的世界，相信有了這10堂課，他們對未來會更有信心！

簡志忠

生與死

生與死

前言
旅途愉快

從很年輕的時候，就開始對生命產生疑惑。這些疑惑，相信大家或多或少都有過：

新生命是怎麼來的？爲什麼不能隨意懷孕、墮胎？

成長的目的是什麼？我以後會變成什麼樣的人？

人爲什麼要受苦？挫折、病痛、磨難，有什麼意義？

自殺是勇敢、還是愚笨的行爲？

人死了是不是就一了百了？

這些問題，聽起來很熟悉嗎？可惜的是，我們的社會一向樂於談生，卻忌諱談死。例如有新生兒出生，大家莫不同感欣喜；要是聽聞喪事，卻能避則避。這種凡事只看光明面、卻忽視黑暗面的態度，其實會讓我們看不清生命的眞相。

生命就像一條長河，每個人都要駕著小船走一段自己的旅程。每個人的旅程長短不同，沿途看到的風景更是不同，也不會有完全相同的境遇，這使得每個生命都是那麼獨特。途中難免遭遇波折，就像河流中央矗立著一顆顆奇形怪狀的大石頭，要是沒有這些石頭，怎能帶來急流和浪花，增添泛舟溯溪的樂趣？

生命本來就是豐盛和圓滿的，即便路旁一朵小花，也是造物者傾全力創造出來，展現著豐盛的生命力。只是有些人不願意接受生命原來的樣子，在乎著高或矮、胖或瘦、快或慢、多或少……在跟別人比較的同時，也漸漸產生了「自己不夠好」的想法，繼之有恐懼、怨恨、悲傷和罪惡感。

一朵小花不會因爲長在雜草中間，就放棄自己的繽紛色彩；遇到風雨飄搖，更視之爲汲取養分、展現耐力的好機會。而人呢？在豔陽下，在風雨中，在順境裡，在逆境裡，人又是如何活出生命的光彩？

《面對人生的10堂課——生與死》就是基於這樣的理念而編輯的。透過三十則生動有趣的小故事，描寫生活中最常見的生命課題，尤其呈現青春時期紛然雜陳的生命情態，而每則故事之後，更編寫耐人尋味的問答，藉由小朋友和大朋友的對話，提示多元的觀點，也讓親子有延伸討論的空間。

在成長的過程中，一定有甜也有苦，有歡笑也有煩惱，願年輕的孩子比我們更早體會生命裡的祝福，享受愉快充實的人生旅程！

感謝王伊蕾醫師、李慧玟醫師、星雲大師，在書中與讀者分享自己對生命的體驗和看法。

成長的滋味有苦有甜

為什麼我長得比別人矮？

「小弟弟」常不自覺硬起來，好尷尬哦！

學生談戀愛，能不能有性關係？

熬夜看漫畫真痛快，只是早上起不來……

身體有殘缺的人，如何克服困境？

別人都有爸爸，為什麼我沒有……

是不是因為我不聽話，爸爸媽媽才會打我？

家裡發生好多事，誰能幫助我？

天空爲何離我比較遠？

揮別陰霾，活著就有希望

暑假過完，小良便要上國中了！從十歲那年開始，小良便對國中制服有一種憧憬，他嚮往國中生的蛻變——只要三年，就幾乎可以擁有大人般的身高，到時候就再也沒人敢欺負他了。

小良從小就長得比別人瘦小，白皙的皮膚加上營養不良，使小良成爲男同學們惡作劇的對象，他們常常恐嚇小良，說要檢查他的性別，使得小良一看到男同學就躲得遠遠的。小良不敢和男同學做朋友，只敢和女同學在一起，這使得男同學更加懷疑小良的性別。

如今，小良把希望全寄託在國中生活了，他看到鄰居大他兩歲的阿青哥哥，以前比他高不了幾公分，誰知道一上了國中，就像變魔術一樣的長高了，彷彿國中制服擁有神奇的力量。

但是，當這套國中制服穿在小良身上之後，卻一點魔法也沒有。

更可怕的是，以前那些愛捉弄小良的男同學，比從前更高、更壯、也更頑皮了！而小良的成長卻像停止了一般。他常常抬頭看著天空，覺得天空離自己特別遠。

放學後，小良常常一個人躲在校園的角落發呆，他稱呼那裡是「祕密花園」。學校運動會那天，小良又一個人偷偷離開班上，來到自己的祕密花園，沒想到那群喜歡捉弄他的男同學，正躲在那裡抽菸。小良一看到他們，拔腿就想跑，不幸卻被其中一個人抓住。

那個人邊笑邊拉著小良，小良想掙脫，卻反而被扣得更緊。那群男同學正閒得發慌，一看到小良出現，樂得有人可以捉弄。那個抓住小良的男同學，笑著說出自己的想法：「小良從來不和我們玩，只和女生在一起，對了！我好像沒看過小良上過男廁所，難道他是個女生？」

「對啦！他是代父從軍的『花木蘭』。」有人跟著起鬨。

一群人笑得東倒西歪，那名拉住小良的男生卻忽然停止笑聲，說：「不行，老師說我們不能亂說話，這樣就是造謠，所以我們應該把小良的褲子脫下來檢查看看，這樣就能確定他的性別了。」

小良一聽到這句話，發瘋似的要掙脫，兩三個男同學卻來幫忙把小良按在草皮上，接著一個人不顧小良怎麼哭喊，硬生生把他的褲子給扯下來。當小良的下半身被展示在這群男同學的面前時，小良突然安靜了下來，他決定再也不要活在這個世界了！

大夥兒看到小良忽然變得非常冷靜，都覺得很無趣，於是便放了他。沒想到，小良離開他們後，直接跑到學校中正樓的頂樓，打算跳樓自殺。

幸好有一個和小良交情不錯的女同學發現了他，才挽回一命。事後，輔導室的老師找小良談，想要找出他自殺的原因，並進行輔導。

（徐正雄）

你知道爲什麼小良要跳樓嗎？

因為他一直長不高，身體又比別人差，連同學都懷疑他的性別。

身體的成長是件大事，需要很長的時間，現在不長高，並不代表以後都不會長高。

那些男同學都欺負小良，不但懷疑他的性別，還當眾脫他的褲子。

其實他們可能跟小良一樣，對身體的成長充滿好奇和疑惑，脫褲子也許並非想要侮辱他，很可能只是想從他的身體得到答案。

那算小良活該倒楣嗎？

他們該向小良道歉，不過小良也該有自信一點！多和男同學相處，不要獨來獨往那麼神祕，久而久之，彼此熟悉後，別人就不會想捉弄他了！

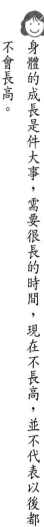

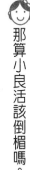

少年小志的煩惱

歡慶成長，以平常心面對青春期

「哥，我們一塊去游泳好不好？」小志放學回家之後，妹妹曉恩和曉玲便興奮的要找他一起去游泳，「聽說團體票可以打八折哦！所以我們再多找幾個同學一起去就更划算了……」

姊妹倆興高采烈的商量著如何招兵買馬時，一向熱愛游泳的小志，卻只冷冷的拋下一句「我不想去」，便默默的走回房間。兩姊妹看了，不禁像洩了氣的皮球。

自從小志升上國二以後，結交了一幫死黨，漸漸的和同學的互動多過家人，最近更是神祕兮兮，一回家就關起房門，不准家人擅自進入。

這天下午，就讀醫學系的表哥宇牧來家裡作客，小志高興的和表哥聊起遊戲軟體、職棒賽程等，聊著聊著，小志突然跑進房裡，不見人影，過了一

會兒才再度現身。宇牧覺得事有蹊蹺，於是在吃過晚飯後，約小志一塊出門散散步。

「小志，這回見到你，不但長高、長壯了，身體的毛髮變得比從前茂密，連聲音都變得沙啞、低沉許多，喉結也逐漸明顯了起來，你已經從小男孩漸漸蛻變成大人囉！」宇牧說。

「對啊，現在跟同學比賽籃球鬥牛的時候就有利多了！還有，像這樣講話低沉的音調，聽起來也怪有『男人味』的。」小志得意的說。

「這種身體變化正是青春期第二性徵的表現，我在你這年紀的時候也經歷過。不過，那時某些身體的變化，比如說有時『小弟弟』會不自覺勃起啦、對裸女照產生興趣，還有同學之間比較陰莖大小尺寸，都是讓人滿尷尬的經驗呢！」宇牧刻意提起這些事，是因爲他直覺正值青春期的小志可能也有這方面的困擾。

「原來你也會這樣哦！」小志不好意思的搔搔頭，想到今天下午自己的「小弟弟」又突然「槓起來」，因爲怕被家人取笑才趕緊躲進房裡的事，就覺得很懊惱。

「有時候一整個晚上『下面』都硬邦邦的，拿它一點法子都沒有。還有，去游泳的時候，有時只不過被稍稍刺激一下，它就又不聽話的硬起來了，尤其是穿著泳褲的時候看起來好明顯哦！害我現在都不敢跟曉恩、曉玲一起去游泳，哎！」小志簡直把表哥當成知音。

「其實年輕人的陰莖會勃起，本來就是正常的現象，有時候你愈想壓抑它，它反而愈是『屹立不搖』，所以，最好的方法就是順其自然，別太在意它就好了。」宇牧耐心的解釋。

「原來如此。」小志一向對表哥很信任，所以又繼續問道：「表哥，我有時早上起床，發現床單被我弄濕了，聽一些死黨說，這樣會腎虧耶！不曉得是不是眞的？」

「那叫『夢遺』，是正常的生理反應，和什麼腎虧一點關係都沒有。」宇牧說：「每個人都會經歷從小孩子轉變成大人的過程，不只是身體，就連心理也會產生很大的變化。我以過來人的經驗建議你，只要以平常心去看待青春期的身心變化，久而久之它就不再是一種煩惱了！」

（王一婷）

有些老人家把青春期說成「轉大人」（台語），意思就是說，從這個時期開始，我們的身心發育會逐漸邁向成熟階段，也開始有了孕育後代的生育能力了。

老師上課時會教我們一些青春期身心發展的常識，只是，當實際發生在自己身上時，還是會覺得手足無措，不知道要問誰才好。

對自己身體的變化感到好奇是很正常的，不過最好是和你能信任的長輩、老師一起討論，或參考提供正確性知識的書籍。若是從坊間的黃色書刊和錄影帶裡學，反而會學到錯誤的內容哦！

我的愛要怎麼給？

沒有責任感的愛會帶來傷害

文娟是我在網路上聊天時認識的網友，她和我一樣都是國二生，我們透過網路交換彼此的心情和祕密。俗話說：「少女情懷總是詩」，我們也不例外，心儀的白馬王子和對愛情如夢似幻的美麗憧憬，是我們兩個最常談論的話題內容。

記得那天我一如往常上BBS站和文娟連線，不一會兒螢幕便給字塞得密密麻麻，字裡行間盡是文娟興奮的心情。文娟寫著：

「我跟妳提過的那位國三學長國政，居然趁著放學等公車的空檔塞給我一張紙條，約我這星期六一起去看畫展，我眞不敢相信，夢裡才會出現的情景居然眞的在現實生活中發生了！」

文娟興奮的談論著該搭配什麼色系的衣服赴約，還有和學長可以聊哪些話題等等。我打從心裡替她高興，因爲國政正是她一直暗中喜歡的對象。

接下來兩人的進展十分順利，文娟幾乎每天都向我報告最新的進度，包括今天去了哪裡玩，做了什麼事等等，讓「孤家寡人」的我看了既羨慕又不免有點小嫉妒。

直到有一次，文娟寄了一封電子郵件給我，我才發現，原來談戀愛也有麻煩事。

「幾天前我和國政去看電影，電影院裡一片黑壓壓的，誰知國政突然伸手輕撫我的大腿，然後是腰……。他說，和我在一起的感覺很好，很想要更進一步……我當時傻了眼，腦中一片混亂，眞不知如何回答他？」

我雖然沒經驗，但是身爲好友，我還是提醒她，最好不要輕易答應男孩子性的要求，因爲我們都還只是學生，萬一不小心懷孕了那該怎麼辦？文娟也有這層顧慮，但是她同時也擔心拒絕國政的要求會破壞兩人甜蜜的愛情。

然而後來，文娟還是禁不起國政一再的要求，和他發生了性關係。她在來信中坦誠：「那天原本只是愛撫而已，沒想到一時情不自禁，居然和他發生了關係。事後我好後悔，尤其這陣子不是『安全期』，我好怕會懷孕，雖然國政說只是體外射精，不會受孕，但我還是很擔心……」

沒想到，原本純純的愛情闖入了「性」之後，似乎變了調。文娟以爲獻出第一次，就足以證明對國政的愛，但自從發生了性關係，國政便常找機會要求「重溫舊夢」，還脅迫她說：「愛我，就要給我。」漸漸的，連文娟自己也分不清她和國政之間的感情，究竟是愛還是性。擔心懷孕的恐懼和罪惡感一直圍繞著她，課業也因此逐漸走下坡。最後，這件事終於被文娟的父母知道了。此後，我便失去了文娟的消息。

直到今天，意外收到文娟的電子郵件，她說：

「我和國政分手了。雖然難過，但也有一種解脫的感覺。幸運的是我爸媽能站在我的立場安慰、關心我。經過這次慘痛的經驗，我明白了性和愛不能劃上等號，愛一個人並不是要用性來證明。」

很慶幸昔日我熟悉的文娟又回來了。她的親身經驗帶給我很大的啓示。

（王一婷）

常聽人家說，現代社會的性觀念開放，但究竟什麼是性？我還是有點搞不清楚。

性行爲是人類的原始本能，成熟的男女可以藉此繁衍後代，使生命生生不息，但性行爲並非只是爲了逞一時快感、滿足個人慾望而已，還需要有「愛」爲前提，並且要有能力擔負性行爲之後可能引發的後果，比如懷孕，這樣才有資格享受美好的性生活。

那學生談戀愛，就不能有性關係嗎？

學生談戀愛最好還是緊守防線爲妙。表達愛情的方式很多，不一定非得用性關係來證明對彼此的愛意，因爲性和愛是不能劃上等號的。此外，女孩子最好注意約會的地點和時間，不要讓男生有進一步要求的機會，這樣做可以保護雙方都不受傷害。

夜貓子阿喵

規律的作息是活力的泉源

今天是阿妙上高中的第一天，她不但忙著認識新同學、新環境，還因爲聽了導師一番新學期新希望的勉勵，對自己許下一個願望：「我要在高中的一開始，就有令人刮目相看的成績！」

回家後，阿妙把課表拿出來，根據每天要上的科目，安排當晚分別複習兩個小時，至於週末也沒閒著，必須再次複習前一週所學的所有科目內容。這樣一來，阿妙每天要複習到半夜兩、三點才睡覺。擬好讀書計畫表之後，她拿給唸大學二年級的哥哥看，請哥哥給她一點意見。

「讀書有計畫當然好啦！不過，讀到半夜三點太誇張了吧！我敢打賭，不到一個月妳就會受不了的。」哥哥覺得這個讀書計畫根本不可行。

「才不會呢！」阿妙才不理會哥哥說的，她記得唸國中的時候自己就曾經熬夜到兩、三點才睡覺，第二天還不是一大早就起床，也都沒問題呀！哥哥眞是杞人憂天。

阿妙把計畫表從哥哥手裡拿了回來，她打算就按這個計畫表讀書，考第一名給哥哥看！

剛開始的三天，阿妙完全照計畫進行，每天熬到半夜，她一點也不覺得精神不好，反而認爲這樣的日子很充實。可是到了第四天早上，她在照鏡子的時候，發現臉上冒出了一顆青春痘；第五天，又冒出兩顆；一個禮拜後，阿妙的臉上至少出現十顆痘痘。

「這是睡眠不足引起的啦！」哥哥對著愁眉不展的阿妙說。

「總不能因爲長痘痘而不唸書吧！我的計畫眞的很有效，好幾次小考都是全班前三名呢！」阿妙依然每天熬到半夜，哥哥還因此幫她取了一個外號：夜貓子阿喵。

就這樣還不到半個月，阿妙開始覺得上課時精神不太容易集中，有時還會打瞌睡，一堂課下來，大概只聽進了三分之一的內容。

「回家更不能偷懶了，一定要確實複習到三點才行。」阿妙心想。

除了上課精神無法集中以外，阿妙還常常睡過頭，早上起不來，而且身體抵抗力也變差了，感冒一直治不好。終於到了段考的前一天，阿妙全身發熱，高燒不退，頭腦昏昏沉沉，看來明天不能去學校參加段考了，她心裡又憂慮、又著急。

「怎麼辦？我準備了那麼久，還是拿不到第一名。」阿妙很苦惱。

「妳連考試都不能參加了，怎麼拿第一名呢！」哥哥又好氣又心疼的說，「像妳這樣，就算考第一名，又有什麼用！」

此時全身無力的阿妙，終於體會健康的重要了，她心裡想：「我不要再當夜貓子了！」

（吳立萍）

阿妙好用功哦！我都是熬夜看漫畫。

許多人認爲自己的身體很好，卻不懂得珍惜，不是三餐不正常，就是熬夜，長期如此，都有害健康。

健康等於是一種「本錢」，失去了健康，躺在病床上，很多事情都不能做。要是年輕時糟蹋身體，等到年紀漸長，就會嘗到苦果，因爲失去的健康很難再找回來。

可是，大家不是都說要努力打拚嗎？

你聽過「過勞死」嗎？有些人爲了衝刺事業，把自己逼得透不過氣來，身體負荷不了也沒有警覺，最後把命都賠掉了。即使功成名就，卻沒有健康的身體去享受，又有什麼用呢？生命很可貴，用健康換得的成功，不能算是眞正的成功。

我臉上也長了青春痘，可見睡眠不足，應該多多睡覺才行。

別找藉口啦，我看你是炸雞吃太多了吧！

長短腳的天空

身體缺陷無損生命的光芒

我先天右腳就比左腳短了三公分，走路時身體會左右搖晃，還會發出明顯不一致的腳步聲，所以非不得已，我盡量不去圖書館，因爲我的腳步聲在安靜的圖書館裡特別刺耳，也常常引起別人側目。

「可惜了，長得還不錯，怎麼跛了腳呀。」有一次，我聽到兩個男生交頭接耳在談論我，他們的話就像針一樣的扎在我的心頭。

這一天，我又得去圖書館了，但是低頭看到自己的腳，我不由自主的往圖書館相反的方向走去，最後來到一個公園。

「公園裡很吵，總不會有人聽到我的腳步聲吧！」我放心的告訴自己。

這時的公園到處是做運動的人群，跳舞、打拳、耍劍，還有唯恐不夠大聲的音樂。整個公園只有吵、亂兩個字可以形容，而這樣的嘈雜，正好符合我的心情。

突然，有個人在我面前絆了一跤，我下意識伸出手去扶他。

「啊，嚇死人了！」我差點脫口而出。眼前一張半邊醬紅色的臉，讓我把伸出去的手縮了回來。其實，再看他一眼我就知道那只不過是個胎記，可是面積太大了，看起來有點猙獰。

「謝謝你！」對方竟然毫不在意我的反應，大方的朝我笑了一笑。這一笑，臉上的胎記更加變形。我不忍心多看他一眼，假裝低下頭去綁鞋帶。

「張小華，妳眞沒種，人家這麼大方，妳躲什麼！」我在心裡暗暗罵了自己一聲。

等我抬起頭來，發現那個人已經走遠，在距我二十公尺遠的小廣場停了下來。我看他從大大的背包裡取出一疊紙，然後拿起其中一張，用手翻過來又翻過去。陽光下，那人臉上的紅色胎記顯得更加醒目。

過沒多久，有個小朋友跑到他旁邊大聲叫著：「王叔叔，你今天怎麼來晚了，你答應給我的飛機好了嗎？」

原來那個人剛剛是在摺紙飛機呀！這我也會，一點都不難。不過，我的

眼光很快被吸引住了，我看到紙飛機從他手中飛了出去，在空中幾個流暢而漂亮的轉彎後，總會神奇的回到他的手中。連續幾次過後，好奇的小朋友全都圍攏過來，個個興奮得又跳又叫。

「叔叔，我也要，我也要！」

「叔叔，可不可以摺一個給我呀！」

十來個小朋友爭相拉扯他的衣服，快把他身上那件有點陳舊的襯衫扯變形了。不過，這位王叔叔一點都不介意，反而笑得更開心，手上更是忙著摺出更多的紙飛機。沒多久，天空中又多了十多架聽話的紙飛機。

一整個上午，我就坐在那裡看著紙飛機在天上飛翔，感受著濃厚的歡樂氣氛，心中有一種從未有過的平靜。想到自己先前的行為，我不禁感到慚愧，覺得自己還不如這幾個小學生，竟然那麼在意別人臉上的缺陷，那麼我又如何要求別人以平常心看待自己的長短腳呢？

我開始佩服起這位王叔叔，但不是佩服他的神乎其技，而是他這種開朗面對每一天、把歡樂帶給大家的用心和魔力。我想，我知道該如何面對自己的問題了。

（吳梅東）

哇，要是我臉上有這麼大的胎記，我就不要去上學了。

爲什麼？難道胎記會降低你的學習能力？

那怎麼可能！

這就對了。假如你因爲某種缺陷而放棄求學機會，豈不是很可惜？例如因爲怕別人嘲笑自己長短腳而不喜歡去圖書館，這樣到頭來損失的並不是別人，而是自己。

一個人最重要的不是他的外表，而是他的內心，只要心態健康、用良善的心去面對生命的每一個時刻，那麼，他就可以展現自我的生命價值，把自己最美好的一面呈現出來，這樣任何人也都會喜歡他的。

哦，我懂了，就像卡通裡的鐘樓怪人一樣，雖然長得醜，但是有一顆善良的心！

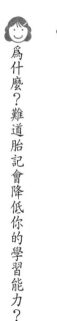

啣畫筆揮灑生命光彩

轉個彎，看見海闊天空

許多小朋友睜大眼睛，好奇的看著一位伯伯「趴」在那裡作畫。說他躺著畫畫一點也不誇張，因爲這位伯伯全身癱瘓，只能用嘴巴啣住畫筆，慢慢的隨著頭部的轉動一筆一畫的畫著。但是他畫出了維妙維肖的圖案，一點也不輸給正常人，讓人看了既驚訝又感動。這位口足畫家，名叫李君偉，一次重大的車禍事故，扭轉了他一生的命運。

李君偉從小便喜歡和朋友混在一塊，當帶頭的老大，到果園裡偷摘水果。他從小的志向不是當醫生、律師或科學家，而是當「大尾的」流氓，因爲他覺得當流氓有人前呼後擁，很神氣。

長大之後，李君偉果眞過著砍砍殺殺、刀光劍影的流氓生活。年輕氣盛的他沒料到，逞兇鬥狠的個性害慘了他，有次他在高速公路上飆車衝過警察

的臨檢，結果造成嚴重的車禍事故。

經過搶救，李君偉雖然保住了性命，卻被醫生宣告頸椎脫臼，全身都癱瘓了，只剩下頸部以上可以自由活動。他沒辦法自己吃喝、上廁所，身體也無法排汗和調節體溫。

受傷之後的李君偉無法接受自己身體殘廢的事實，自暴自棄拒絕醫療，甚至拒絕進食。從前那些稱兄道弟的朋友現在對他不聞不問，只剩下家人陪伴在他身旁，但李君偉並不感激，反而鎮日對著家人破口大罵。

直到有一天，母親因爲長期照顧他而病倒了，哥哥也爲了籌措醫藥費四處奔波，家人無怨無悔的付出讓他體會到親情的寶貴，原本暴躁不安的性情才逐漸平穩下來。一群基督徒盲胞組成的醫院志工經常來探訪、鼓勵他，因此他相信了上帝。

李君偉想，身體的殘廢已是不可改變的事實，而生命是上天賜予的，不能輕言放棄，爲了自己，也爲了關心他的人，應該勇敢面對現實，把握生命的每一分鐘。

但是走出去的第一步並不容易。剛開始李君偉只敢在清晨或深夜由家人陪伴坐輪椅出門，因爲他害怕旁人異樣的眼光。等到逐漸適應之後，他開始坐著電動輪椅到公園練習吹口琴，藉此訓練膽量。後來，他居然可以一個人出門到美術館看畫展，甚至和朋友去唱歌、看電影都不成問題了。

有一次，他偶然在報紙上看到一位日本殘障者用嘴巴啣著筆畫畫，帶給他很大的鼓勵，於是在能以手肘力量支撐身體之後，李君偉也開始學習趴著畫畫，只是手無法使力，又側著頭，所以老是畫不準。不過他還是不死心，一筆一畫慢慢練習。

後來，李君偉參加了口足畫會的甄選，很幸運的入選了，每個月可獲得六千元的獎學金，金額雖然不多，對他來說卻是意義非凡，也更激發他學畫的決心。

現在的李君偉有機會受邀作畫，啣起畫筆揮灑生命的光彩，並與人分享生命中的挫折和轉變，雖然他的身體有了殘缺，卻創造出更多生命的光彩。

（王一婷）

如果不是因為一場車禍，或許李君偉到現在還在混流氓呢！

人生的際遇實在很奇妙，一場車禍使李君偉的身體嚴重受傷，從此得靠輪椅代步，但也意外的改變了他的人生，使他珍惜生命和親情，更成爲令人欽佩的口足畫家。

看來，不管生命是完整還是殘缺，只有肯為自己人生奮鬥的人，才會活得有意義。

是啊，有些人因爲身體殘缺而自暴自棄，但有些人卻在灰心喪志之後擦乾眼淚，走出陰霾、迎向陽光。選擇放棄還是重生，其實就在自己的一念之間！

爸爸不要的孩子

生命要的無非是關愛

媽媽帶著建成來醫院時，建成的脖子上及手上還留有一些小小的、正在結痂的舊傷疤。建成的身材瘦小，眼神帶著羞怯，但臉上卻刻意裝出世故的笑容，似乎想要掩飾內心的不安。當媽媽在診間和醫生討論建成的問題，建成待在候診區，和其他小朋友鬧哄哄的玩了起來。

就讀國小三年級的建成，在學校是出了名的「問題兒童」，從一年級唸到三年級，他已經輾轉換了三所不同的學校。不管在哪一所學校，媽媽放學去接建成時，常常聽老師、同學或來接孩子的家長向她告狀，抱怨建成用暴力攻擊同學。

一星期之前，建成又揮拳打了同學，把一個同學打到流鼻血，媽媽爲了這件事嚴厲的責罵、體罰建成，還很生氣的對建成說：「你再不改好，我就不要你了！」建成很害怕媽媽眞的不要他，爲了要變好，才跟媽媽一起來醫院看醫生。

建成是媽媽離婚一年半後所生的孩子，從母姓，從小就跟媽媽住在一起。建成曾聽外婆說過他有一個姊姊，和爸爸住在一起，然而，他卻從來沒有見過姊姊和爸爸。以前建成會纏著媽媽追問爸爸的事，媽媽總是避開不答，有時媽媽被問得煩了，就忍不住掉眼淚，建成不忍心看媽媽傷心難過，就盡量不再提了。

「爸爸」這兩個字，對建成來說只是一個遙不可及的名詞，他的心中隱隱有個陰影：「我是爸爸不要的孩子。」

這天，治療師帶建成進入遊戲室，建成走來走去，好不容易選定了一個角落坐下來，手上拿著撲克牌，心不在焉的翻看。

「建成，你知道媽媽爲什麼要帶你來這裡嗎？」治療師問。

「因爲我打人。媽媽說我很壞。」建成故意拿起撲克牌貼近面前看，以遮掩臉上的表情。

「發生了什麼事？」治療師問。

「我不知道，同學都不跟我玩，我不喜歡去學校。」建成說話的語調顯得有點落寞。

「你很希望有朋友跟你一起玩。」治療師說。

「我只有一個好朋友，別的同學都會笑我，我很生氣。」建成說著，露出自豪的神情，「他們有三個人耶，我一個人可以打三個人，我都打贏！」

「你說同學會笑你？」治療師問。

「他們在比誰的爸爸最棒、最厲害。有人說我沒有爸爸，我說我有爸爸和姊姊，他們硬說我沒有，說我是私生子，說我吹牛、騙人，可是我明明就有爸爸！」建成忿忿不平的說。

「打完了之後呢？」治療師繼續問。

「我還是很生氣，有人就跑去跟老師說我打人。哼！他們也有打我啊！」建成說。

當遊戲時間結束時，建成有點擔心的問治療師：「我媽媽會不會來接我啊？」收好玩具之後，他就急著跑出去看媽媽是否在候診區等他，深怕自己被媽媽拋棄在醫院裡。

建成最後一次來醫院時，媽媽告訴醫生，建成現在很少打同學了，她打算安排他去和親生父親一起住，也已經告訴建成他眞正的身世，並設法讓他的親生父親辦理認養建成的手續。

（吳文娟）

建成好可憐，不能和爸爸、媽媽住在一起。

沒有人能「選擇」自己要出生在什麼樣的家庭。建成出生之後沒有爸爸在身邊，並不是他的錯，他得不到爸爸的愛和呵護，還要承受旁人異樣的眼光，更害怕自己犯錯時會被媽媽拋棄。這些處境對建成來說，是很大的挑戰。

我們隔壁班也有一個女生跟建成一樣，我們都覺得她怪怪的。

其實私生子並不等同於壞小孩，他們跟我們每個人都一樣，不喜歡被批評、被嘲笑，或被人用異樣的眼光看待，他們比一般人更渴望得到別人的尊重、關心和讚美。如果我們不要去強調別人不幸的身世，而能用友善的態度去了解對方的心情、肯定對方的優點，就可以和他們成爲眞正的朋友了。

我就是壞學生，怎樣！

沒有錯誤的生命，只有被錯待的生命

其實阿雪的功課很好，但她卻令老師很頭痛。

阿雪從不按規定穿著制服，而且還用麥克筆在制服上東塗西塗；她在書包上挖了好幾個洞，然後穿上小珠珠；上課時她常常揉紙團，丟向她看不順眼的同學。雖然老師不斷糾正她的行為，甚至處罰她，但她就是不聽。老師已經好幾次打電話到阿雪家，想找家長一起來幫助阿雪，卻總是得不到正面的回應。

就像這一次，阿雪因爲恐嚇低年級同學，強收「保護費」，而被帶到了訓導處。當老師再度打電話聯絡阿雪的媽媽時，電話的那端只回了一句：「不管她做什麼，都跟這個家無關。」電話就被掛掉了。

原來，阿雪是在一個單親家庭裡長大的，爸爸在她兩歲時就因爲偷竊被關進監牢，出獄後也沒有來找過她們母女。媽媽在卡拉ＯＫ店找了一份服務員的工作，帶著她住在一間不到十坪大的小套房裡。平時媽媽很少跟阿雪說話，只有每次和不同的男朋友吵架之後，才會指著她罵個不停，一會兒說她是拖油瓶，毀掉了自己再嫁的機會，一會兒又說她是掃把星，注定生下來剋自己的。

而且，不知道從什麼時候開始，媽媽只要遇到不如意，就會用尖尖的指甲狠狠的掐她出氣，阿雪手臂上東一塊、西一塊的瘀青就是媽媽的傑作。媽媽每次掐她時，都不和她說話，只是將她拉近身旁一邊掐、一邊哭。阿雪很想問媽媽到底受了什麼委屈，她知道是自己拖累媽媽的。

「如果我不要生出來，媽媽也不會這麼辛苦。」當媽媽罵她或掐她時，阿雪都不吭聲。

但有時候阿雪也會生氣的跟媽媽頂嘴，覺得自己很委屈：「又不是我自己要生出來的！」而且她已經努力做好功課和所有的家事了，爲什麼媽媽還要罵她？爲什麼媽媽不能多關心她一點，和她聊聊天、說說話？像她用麥克筆畫制服，連老師都罵她三次了，媽媽卻視而不見。

「反正沒有人會關心我，我想做什麼都無所謂！」阿雪常常這樣想。

大前天，隔壁班的王佳慧找她，要她一起去向低年級的學生要「保護費」，阿雪覺得這個主意很不錯。她常常看到那些一、二年級學生每天中午都有家長送便當到學校，有爸媽疼愛，又有零用錢可以花，眞讓人看不順眼！而且這些人還每天吱吱喳喳的吵個不停，眞噁心！

「跟他們拿一些零用錢來花，也沒什麼不對！」阿雪一想到這樣做會丟媽媽的臉，讓媽媽變成更倒楣的女人時，心頭立刻浮現了復仇的快感。

但是，此時坐在訓導處辦公室裡的阿雪，才眞切的體會到，自己是被丟棄的小孩，媽媽從來沒有愛過她！忍住快要溢出眼眶的淚水，阿雪狠狠回絕了老師正面送來的同情眼神，心想：「我就是壞學生，怎樣！」

（許玉敏）

阿雪好可憐哦！

阿雪的父母離異，平時媽媽因爲壓力大而無法控制情緒時，就會拿她當

出氣筒。其實阿雪可以把這種情況告訴老師，而同學們也可以發揮友情，關心阿雪。請老師幫忙是個不錯的選擇，因爲老師一定知道有哪些輔導機構可以幫助阿雪的媽媽。

是不是因為我不聽話，爸爸媽媽才會打我？

我們不聽話，爸爸媽媽的確會生氣，可能會責備我們，或罰站、打掃房間、沒收零用錢或打手心，但絕不應該做不當的體罰，例如把我們掐得青一塊、紫一塊，或是打到鼻青臉腫，這都是虐待的行爲。

爸爸媽媽不是天生的，有些父母不懂得怎麼跟孩子相處，生氣時便拳腳相向。如果遇到這種情況，除了請其他長輩或老師幫忙外，不要把它想成是自己的錯，也不要認爲都是自己不好，因爲再怎麼不乖，都不應該受到過度的責罰或虐待。

水母漂

遭逢困境，何妨出聲呼救

宜珍原本是個無憂無慮的高中生，然而這一切，全在父親發生車禍之後走了樣。

宜珍的母親早就過世了，家中除了父親外，還有一個弟弟。父親在私人企業工作，收入雖然不豐，但生活上還算過得去。弟弟就讀國中，而她就讀高中，差一年就要畢業了。

三個月前，父親在回家的路上，遭轎車從後頭追撞，雙腿骨折，而肇事者卻逃逸無蹤。

「爸，你不用擔心，我會扛起這個家的。」每天放學，宜珍便到學校附近的餐廳打工，直到深夜才拖著疲憊的身子回家。但父親龐大的醫藥費，還是很快就把家裡僅有的一點積蓄花光。宜珍微薄的薪水根本沒辦法撐起這個家，她考慮休學去找一份全職的工作。

就在那時，宜珍在報紙上看到「免經驗，月入數十萬，上班時間晚上十點到凌晨二點」的求職廣告，她有些心動。

宜珍當然知道那是什麼工作，但她似乎沒有更好的選擇了。

這一天，宜珍穿上自己覺得最時髦的衣服，來到報上寫的XX酒店外頭。望著店外絢爛的招牌，她感到一陣暈眩。突然，從酒店裡走出一對男女，摟摟抱抱的親暱模樣，讓宜珍羞紅了臉。她猶豫了好半晌，然後像下定一個重大的決心似的深吸了口氣。

「林宜珍！」突然一個熟悉的聲音叫住她。

宜珍抬起頭，原來是體育老師。

體育老師看看宜珍的穿著，又轉頭看看霓虹燈閃耀的XX酒店招牌，他知道這是怎麼一回事。而宜珍只能又羞又愧的低頭盯著自己的腳尖，不知該怎麼辦。

「妳還記得上個月學的水母漂嗎？」體育老師突然問。

宜珍驚訝的抬頭看著老師，她以為老師會很嚴厲的斥責她，沒想到他竟然提起水母漂。

「記……記得啊。」宜珍小聲的回答。

「不管會不會游泳，水母漂都是溺水時最好的自救方法。」體育老師語氣溫和，不像在責罵宜珍，「人體的密度和水差不多，因此只要深吸一口氣，身體便能漂浮起來。但我們不能一直漂浮在水裡，我們還是得向人求援，才能得救。」

宜珍一臉疑惑，她還是不懂老師話裡的意思。

「宜珍，妳的同學沈士茵把妳的狀況告訴過我。遇到困難，如果能自己解決那是再好不過了，但有時遇到自己解決不了的困難，就必須向人求救，千萬不要因爲一時的驚慌，而加速溺水。」

「我……」

「我知道妳的難處，承認自己的軟弱與無能爲力，並且向別人開口求救，的確沒有那麼容易，但不知道妳有沒有想過，向陌生人求救？」

「陌生人？」宜珍不解。

「沒錯！」體育老師笑著攤開自己的手，亮出一組神祕的數字，「妳不知道老師曾當過『生命線』的義工吧！我就是那個陌生人之一。」

宜珍驚訝的望著體育老師手心上那一組發亮的數字９５９５，久久都合不攏嘴。

（許榮哲）

「生命線」是不是都幫助想自殺的人？

「生命線」是一個國際性的電話協談機構，透過全天候的電話協談服務，向求助者伸出關懷、鼓勵、友誼的手，並以有效的行動使企圖自殺者重獲生活的勇氣，也引導徬徨無助者，重燃希望之火。「生命線」的服務內容非常廣，包括自殺防治、婚姻家庭、男女感情協談，甚至還包括生活危機調適、人生信仰以及精神心理協談等。

那「生命線」的義工很忙囉！

酒
一代
杏花村
公

「生命線」的義工就像電磁波一樣，會利用自身的專業，幫助面臨困境的人發出求救訊號，例如聯絡社會救助服務機構，以達成低收入戶生活扶助、急難救助、醫療補助等目的。

要怎麼找到「生命線」呢？

撥一〇四查號台可以查詢全省的「生命線」專號，目前台灣各縣市共有一個總會、二十三個分會。不過所有地區的「生命線」電話後四碼一律是九五九五，也就是「救我救我」的意思。

老師生寶寶了！

歡喜迎接新生命

「王老師生寶寶了！」這個令人期盼已久的好消息，一大早就在班上傳開來，大家都很興奮。

王老師當我們的導師已經兩年，今年是第三年。學校本來擔心她懷孕還要當導師，體力負擔可能很重，但王老師卻不辭辛勞，答應繼續當我們最後一年的導師，帶領我們畢業。

爲了體貼老師，不讓她費心及傷神，國三的我們都變得自動自發。同學間相處已有默契，不像以前常因一些芝麻小事就去向老師告狀，請她排解。平時講話粗吼亂嚷的同學，現在也盡量輕聲細語，深怕嚇著老師肚裡的胎兒。連班上的家長都經常叮嚀同學，要好好的照顧老師呢！

老師的預產期是二月二十五日。我們把老師預產期的倒數天數寫在黑板的左邊，每天倒數計時。等到老師生寶寶請產假以後，則改爲記錄老師銷假返校的倒數天數。

放學後，我們幾個人相約去醫院看老師。說眞的，我們更大的興趣和好奇是，看看她的新生嬰兒長得什麼樣。老師看到我們一大群人來，似乎很高興。我們嚷著要看她的寶寶，還好正趕上了醫院嬰兒房的探訪時間。

我們跟著老師來到嬰兒房的玻璃窗外。非探訪時間嬰兒房窗戶的窗帘緊閉，看起來很神祕。可是現在帘子拉開了，哇！好特別的地方：一個很大的粉紅色房間裡，放了一百多張像我們教室裡課桌般大的小床，整整齊齊的排列著。每個嬰兒用毛巾包裹，只露出烏溜溜的黑髮和紅通通的臉蛋。有的安靜的睡著了，有的睜著明亮的眼睛，有的張嘴哇哇大哭，一身充滿了活潑的生命力，眞是可愛極了！

玻璃窗外站滿了等待探訪的親友。老師向工作人員報了姓名之後，她的嬰兒床就被推到窗前。正在此時師丈也下班來了。同學們隔著玻璃窗，一面欣賞小嬰兒，一面也品頭論足一番。

「頭髮和老師的一樣又黑又亮！」「好像老師哦！也有兩個酒渦！」「眼睛

和老師很像，也是雙眼皮耶！」「嘴巴比老師的翹，不像老師，很像師丈。」我們吱吱喳喳，不停描述小嬰孩、老師和師丈一家三口彼此像和不像的地方，逗得老師和師丈開懷大笑。

可惜每個嬰兒被探視的時間只有五分鐘，因爲後面還有一長串嬰兒床，排隊等著和他們的親友見面呢！

看了嬰兒房的可愛小嬰孩以及老師的新生兒，我們似乎也感染了那份新生命的喜悅和興奮。回家的路上，我們仍意猶未盡的談論著。（吳嘉玲）

去年我舅媽生寶寶的時候，媽媽帶我到醫院看她。我看見她的小貝比躺在嬰兒小床上，粉紅的小臉、尖尖的小鼻子，好可愛啊！

我以前在醫院工作的時候，許多病人告訴我，他們都很喜歡到嬰兒房窗前觀賞嬰兒。只要看到那些純潔及代表希望的小生命，心情就會很愉快，甚至可以暫時忘卻病痛。

為什麼他們看了新生小貝比，内心會有這種充滿希望的感覺呢？

因爲嬰孩是一個嶄新的生命，充滿希望，他們會逐漸長大、成熟，將來的前途更是不可限量。

小嬰兒長得很快哦！舅媽的小孩去年才生出來，那個時候小小的，什麼都不會，今年已經開始牙牙學語，而且也快會走路了，到了明年她可能就會跑和跳了。

是啊！我們都是在父母的期望和親友的祝福聲中，自小小的新生嬰兒長大成人的。

王伊蕾 談新生命

生命誕生的喜悅是難以形容的

（李美綾）

王伊蕾，陽明醫學系畢業，現為台北市婦幼醫院特約醫師，並自行開業。成立「女人心事婦產科諮詢服務網」（www.obsgyn.net），線上提供實用的婦產科知識及性知識，著有《幸福婦產科》（方智出版）。

圖片提供／方智出版社

您為什麼會選擇成為婦產科醫師？

我媽媽生我的時候已經三十八歲了，當初發現懷了我，她猶豫了很久，不知道該不該把我拿掉。因爲她擔心高齡生產會有危險，也擔心年紀這麼大了還要帶小孩會很辛苦。不過我的哥哥姊姊都勸她，還答應要幫她帶小孩，加上女性懷孕之後，母性會被激發出來，對新生命產生感情，所以我媽還是把我生下來了。

我小時候常生病，常去看醫生，我發現醫生很偉大，說打針就要打針，說吃藥就要吃藥，怎麼哭都沒有用，所以就覺得當醫生不錯。

後來考上醫學系，要選科，我媽媽建議我，醫院裡許多科都在醫治病痛，都是不好的事，只有婦產科幫人接生，像在辦喜事，所以我就選擇了婦產科。接觸這一科之後，發現婦科和產科也必須面臨病痛和死亡，不過我有機會幫很多家庭迎接新生命，陪伴他們走過人生中很重要的一段過程，感覺滿不錯的。

身為父母都很期待孩子出生，但您是否見過不同的例子？

最常見的就是性別的問題。例如有些媽媽已經生了兩個或三個女兒，再懷孕的時候，來照超音波，一定會問是男的還是女的。當我看了發現還是女娃娃，就會很爲難，不知道該不該講，因爲我知道，一旦講出來，她對這個孩子就不會有那麼高的期盼，甚至會想把孩子拿掉。如果孩子在出生之前，連她的媽媽對她都沒什麼期待，那未免太可憐了。可是如果我不把實情講出來，等到生產之後，期望落空，恐怕還是很難接受。

此外，有些寶寶有先天的缺陷，例如兔唇，這些缺陷是可以用後天方式補救的，但有些媽媽不能接受。依我的觀察，有些人因爲對孩子期望很高，所以不能接受孩子有缺陷，這些媽媽的想法是：社會太亂，有很多的無力感，與其讓這個有缺陷的孩子將來被歧視，不如不要生下來。雖然我個人認爲生命總會找到自己的出路，但我不是當事人，所以我還是讓媽媽自己決定。

在行醫的過程中，發生過什麼令您印象深刻的事？

懷孕了，要不要生下來，有時是看你看重胎兒的生命權，還是孕婦的選擇權。例如我看過一個女孩子訂婚了，她跟未婚夫已經開始過夫妻生活，而且也懷孕了。但就在結婚前夕，她的未婚夫發現自己有腦瘤，治好的可能性不高。女孩子本來還是打算嫁給他，把孩子生下來，但男方不願因此耽誤她的一生，因爲帶著孩子，以後不管要再嫁人或是獨立生活，都會很辛苦。

後來這個女孩子就哭著來我這裡，把孩子拿掉。這是個很心酸的例子。

您看過少女未婚懷孕的例子嗎？通常怎麼處理？

有些女孩子會有「想幫男朋友生個小孩，看看生出來是像他，還是像我」這種想法，但她們往往不清楚養育孩子的責任有多大，等到孩子出生，開始慌了，就把孩子丟給家人，自己「落跑」了。

記得有一次，勵馨基金會轉介了一個十六歲的女孩到我這裡。這個女孩懷孕已經十幾週，她的媽媽才發現。她媽媽和基金會的人都勸她把孩子拿掉，但是她不肯。她媽媽認爲，這個孩子生下來，以後一定會丟給媽媽養，或是送給別人，如果是這樣，何必生呢？

雖然媽媽是法定代理人，但我還是必須尊重本人的意願。我問這個女孩現在有沒有工作。她說沒有。然後我又問她：「那將來孩子生出來，妳要怎麼養他？」

她停了幾秒鐘，還是說：「我要生。」她重複說了好幾次：「我要生。」最後是這個女孩的小男朋友發揮了影響力，他講得很明白：「就算妳生下這個孩子，我也不會跟妳結婚。」然後這個女孩才決定把孩子拿掉。

性是人類的基本需求，少男少女的性衝動是沒辦法壓抑或否定的，或許建立正確的避孕常識，才是最實際的。

迎接新生命的過程中，最讓您感動的是什麼？

從孕婦來產檢開始，看到胎兒漸漸長大，一、兩個月就可以看到心跳，三個月就有形狀，還會在裡面動來動去，實在很神奇。而看到孕婦辛苦懷胎八、九個月，最後突破最後一關，領到她的獎品，那種喜悅是難以形容的。

你我都是獨一無二

不想見到寵物死掉的話，養電子寵物不就好了！

表姊意外過世了，我好想念她！

既然人遲早要死，活著有什麼意義呢？

爺爺快要離開人世了，我不知道怎麼說再見……

有同學自殺了，是不是我們不夠關心他？

家裡有些祕密，我真怕被別人知道……

植物人到底有沒有感覺呢？

再見了，小鳳凰！

生命不能「重來一次」

前陣子小貞的班上掀起一股電子寵物熱，幾個女生同時開始養「電子雞」，頗有一種比賽的意味。這是一種可以隨身攜帶的電子寵物——餓了要餵牠，拉了屎要清理，生病了要給藥，無聊時要陪牠玩，這些事情都是用按鍵操作來完成。

這款電子雞的設計是養到最高等級時，小雞會變成一隻七彩鳳凰，非常美麗。一旦養成七彩鳳凰後，就從頭開始，再由雞蛋開始「養」。小貞每天都很注意「照顧」她的電子雞，不過有時養得不順利，就乾脆重玩，按一下按鍵，重來一次。

有一天，小貞和爸爸經過鳥店，她看到店裡在賣小鵪鶉。毛茸茸的小鵪鶉，非常惹人憐愛，而且看起來跟她的電子雞很像。

「爸！我想養眞的小雞！」小眞央求爸爸買小鶺鴒給她，她保證會把牠照顧得很好，「相信我啦，我可是班上的電子雞女王！」於是小眞當天就帶了一隻小鶺鴒回家。

爲了了解正確的飼養方法，小眞很認眞的上網查資料，還去書店買了一本飼養指南回家看。有了小鶺鴒，小眞就比較沒時間照顧她的電子雞了。有時候她會帶同學回家看她的新寵物，炫耀的說：「我的小鶺鴒很可愛吧？要不要摸摸看？摸起來很溫暖哦！」不過有時也會小小抱怨一下：「要經常清理牠的大便，眞的有點臭。」

在小眞的細心照顧下，小鶺鴒的羽毛漸漸豐滿，色澤也鮮豔了起來。「就像一隻七彩鳳凰。」小眞得意的說：「我的小鳳凰，來來來！」小鶺鴒跟小眞的感情很好，只要小眞呼喚牠，牠就會跟在小眞後面跑來跑去。

「看樣子讓她養小鶺鴒是養對了，不但照顧得很好，而且你看她多麼快樂啊！」小眞的爸爸說。

「是啊。」小眞的媽媽也同意。

可是有天夜裡寒流來襲，小鶺鴒因爲保暖不夠，得了感冒。一開始只是打幾個噴嚏、流一些鼻水，可是很快的就變得病懨懨的，也不太願意吃東西。

「小鳳凰，快吃點東西，你才會趕快好起來啊！」可是怎麼哄牠都沒有用，面對這虛弱的小東西，小眞不知如何是好，這可不像她的電子雞，沒有按鍵可以按。

雖然小眞帶了小鵪鶉去給獸醫治療，可是一直沒有起色。幾天後，小鵪鶉死了。

「都是我的錯，才會讓牠感冒！」小眞覺得好難過：「爲什麼牠不能像電子雞一樣可以重來一次？」

爸爸摟著小眞，輕輕的說：「別這樣，妳已經盡力了。對待眞實的生命是不能大意的，因爲不可能重來一次。不過，也正因爲如此，每個生命都有其獨特之處。」

「我不要牠死！我不要牠死！」小眞哭了起來。

「爸爸小時候養過一隻狗，牠死掉的時候我也非常難過。與心愛的寵物永遠別離，難過是一定會的。不過每個生命都有結束的一天，活著時好好珍惜，分開時也要好好說再見。這樣死掉的寵物才能安心的離開啊！」

小眞雖然不是很明白爸爸的話，但她希望小鵪鶉能安心的離開，於是便喃喃說著：「再見了，我的小鳳凰！再見了。」

（薛文蓉）

小鵪鶉陪伴小真度過許多快樂的時光，難怪牠死去的時候，小真會那麼失落、難過。

電子寵物可以一遍又一遍的重來，玩久了就不覺得稀奇；眞實的寵物只能活一次，相處久了會培養出感情來，這就是生命可貴之處。

不想難過的話，只養電子寵物不就好了嗎？

電子寵物是簡化過的模擬生命，可以設計成遊戲，讓人獲得許多樂趣。但眞實的生命是更豐富的，包含了更深的歡樂與悲傷，如果爲了逃避悲傷就放棄歡樂，那不是太可惜了嗎？

天空中最亮的那顆星

記取相遇時美好的回憶

已經過了半年了。小琪以為自己不會再悲傷了。

小琪住在郊區，離機場不遠，每次飛機凌空飛過，那轟轟的聲響，總會勾起小琪心底的痛。飛機的影子，讓她想起在天上的表姊。

表姊是在小琪小六下學期時去世的。當時表姊和表姊夫正要去東南亞蜜月旅行，卻因為發生空難而喪生。小琪怎麼也想不到，前一天她還開心的去喝表姊的喜酒，隔天卻發生空難……親友們都不敢相信這個事實，但是再多的眼淚和不捨，表姊也感覺不到了。

「雙子座流星雨快接近了，如果表姊還在，一定會帶我去看的。」小琪心裡這麼想。

小琪曾跟著表姊一起去看流星雨。在寒冷的夜晚，她和表姊的同學一群

人趕到山上，一邊緊偎著取暖，努力不讓自己睡著，一邊興奮的等待著流星雨。這情景好像是昨天才發生的啊！

現在小琪已經上國中了，她比以前更喜歡研究星星，彷彿想保留這份和表姊共同的興趣。每當她用高倍望遠鏡觀測星空，就感覺到表姊在她身邊。

昨天，爸爸向全家人宣布今年暑假要去澎湖玩，弟弟聽了高興得大叫！但小琪的反應卻很不一樣。

「要從台灣本島到澎湖，不就要搭飛機了嗎？」想到搭飛機，小琪心中不禁浮起莫名的恐懼。

「爸，我得上暑期輔導課，你們去玩就好了。」小琪找了個理由回絕爸爸。

爸爸推了推鼻樑上的眼鏡，露出不解的表情說：「琪琪，我看過妳的暑期課表，去澎湖那幾天不會耽誤上課啊！」

「可是……」小琪不敢看爸爸的眼睛，她無心的翻著天文百科全書，吞吞吐吐的說：「澎湖沒什麼好玩，我不想去。」

「琪琪，妳是不是不想搭飛機？」

爸爸一下子就猜中小琪的心事。小琪翻著書的手突然停住，她轉頭看向窗外漆黑的天際，今晚的星星很少，讓夜晚更顯涼意。

爸爸走到小琪的身邊，嘆了口氣說：「妳一定還忘不了表姊吧？已經過了這麼久了，妳還沉浸在悲傷裡，沒辦法正常生活，表姊也不希望妳這樣吧！」

「可是……想念表姊有什麼不對嗎？」琪琪忽然激動起來：「我絕對不要坐飛機！我們都不要坐飛機好不好？萬一……萬一飛機失事，那……」小琪的身體微微顫抖著。

「琪琪，死亡的確很可怕，但不坐飛機，死亡就不會找上我們嗎？」爸爸說：「生與死，是每個人都會經歷的過程，表姊的離開令人遺憾，但也使我們更珍惜和家人的相處，不是嗎？」

小琪不說話。

「妳和表姊不是很喜歡研究星星嗎？妳看這一頁是怎麼說的。」爸爸翻開百科中有關星星誕生的單元。「妳看，宇宙中的每顆恆星都有它的生命週期，即使恆星可以存在幾十億年，它還是會不斷燃燒自己，最後縮小成『白矮星』，然後慢慢冷卻。小琪，這些妳一定都知道吧！但這時也會發生奇妙的事——一顆『超新星』誕生了，它能在數百億顆恆星中大放光明，成爲最亮的一顆星呢！」

小琪靜靜的看著窗外。她想，或許表姊已經變成那顆閃亮無比的「超新星」，正在遙遠的天邊望著小琪，還有她最愛的親人和朋友。

「表姊就在星空裡！」小琪心想：「搭飛機升空，就能離表姊更近了，我要大聲的告訴她，我知道了更多星星的故事！」

（凌明玉）

表姊不在了真可惜，以後沒人帶小琪去看星星了！

人生沒有不散的筵席，雖然小琪的表姊突然離開人世，卻永遠活在小琪的回憶裡！假設有一天，你比你的家人、朋友早一步離開這個世界，你希望他們一直爲了你而悶悶不樂，還是以喜樂的心情懷念你？

當然希望大家能記得我、懷念我，但是也希望大家為我難過一下下就好，然後可以快樂的活下去！

一場球賽

把握「上場」機會，活出精采人生

「已經七點多了，小剛怎麼還沒回來？」爸爸有點擔心的問著。

「他和同學出去逛街了。」媽媽一邊擺設餐桌，一邊回答。

「自從上禮拜小剛最要好的同學車禍去世之後，他就經常往外跑，功課也沒有認眞寫。是不是交了壞朋友？」爸爸擔心的問。說著，就看見小剛推門進來，一副無精打采的模樣，讓人看了都覺得難過。

「小剛來吧！我們等你一起吃晚餐。」媽媽試著安撫他悶悶不樂的情緒。

其實媽媽早就知道，小剛難過是因爲好友突然的死亡。得知這個噩耗的當天，小剛回家飯也沒吃，整個晚上把自己關在房裡。到現在已經一個禮拜了，他的情緒仍然沒有平復。

「班上同學最近好不好啊？」媽媽關心的問他，但小剛沒有回答，無言的坐在餐桌旁。

「功課有沒有問題？」爸爸又接著問。

「為什麼要寫功課？寫了半天，車子撞死了，什麼都沒有了！」小剛賭氣的回答，感覺得出他內心的抗拒與否定。是沒錯，他說的不無道理，如果人真的死了，不是一切都化為烏有了嗎？

「所以你認為和同學出去玩，才讓你覺得活得很愉快，即使死了，也不會後悔？」爸爸抓住機會反問他。

「我不知道會不會後悔，我只知道死神帶走我最要好的同學！」小剛終於說出自己的感受：「如果人終究會死，為什麼現在要那麼辛苦的讀書、寫功課？和同學作伴一起玩，不是很好嗎？」

「可是同學不會一輩子陪你玩，就像你現在回到家，你還是要自己去面對現在以及明天以後的種種事情。」媽媽好意的向小剛解釋。

如果不是好朋友的死，小剛也不會想到這麼多。

「其實生命給我們的是機會，讓我們可以努力去爭取，在有限的時間中，就看我們自己要怎麼做。」爸爸耐心的說明：「就好比參加一場球賽，誰都知道比賽遲早會結束，但在比賽當中，你會不會盡力表現自己？你想爲自己的球隊爭得更多的分數嗎？」

「想啊！」小剛衝口而出，說完後立刻陷入沉思。他很喜歡打籃球，最討厭有人在球場上打混了，但他從來沒想過，既然比賽遲早會結束，爲什麼要那麼拚命呢？

因爲球賽儘管有輸有贏，但只要大家盡力表現，就會讓球賽很精采、很值得回味，至於有沒有贏、得分多少，反而沒那麼重要了。

「既然比賽還在進行中，就應該全力以赴。」小剛喃喃自語著，他回想以前的自己，無論做什麼，總是全心的投入，不管是學科考試、畫畫、寫書法，都有讓他覺得充實、值得回憶的光榮時刻，現在想起來，以前的生活過得很精采啊！

「人生要怎麼過，當然由你自己決定，因爲這是你自己的『球賽』。可是你現在就要放棄了嗎？」爸爸問小剛。

「我不想放棄！」小剛知道爸爸在說什麼了。

（莫非）

我也想過，既然人遲早要死，活著有什麼意義？

那你有沒有想過，花既然會謝，又何必開呢？如果世界上每一朵花都這麼想，這個世界就看不到花開了。

我不知道花爲什麼要開，也無法回答人爲什麼要活，但是我知道，花開了可以傳宗接代，也可以讓人欣賞、讚美，人活著或許也是相同的道理，只要我們願意，就可以爲這個世界帶來感動！

如果我是一朵花，我也希望自己至少努力盛開過一次。

是啊，如果人生是一場球賽，就當個玩得最盡興的球員吧！

兩片樹葉

曲終人散，溫暖告別

好不容易放暑假了，小米回到他出生的家鄉探望爺爺。屋前那棵大榕樹比起往年，長了更多、更茂密的綠葉，地上也處處散著落葉，有的枯黃，有的翠綠。樹幹上還懸吊著小米以前玩過的鞦韆，以前每次都需要爺爺幫忙，小米才可以盪得高。隨著鞦韆擺盪，小米故意大聲尖叫，好不開心。

「爺爺不能陪你玩盪鞦韆了。」這次回來，爺爺變得衰老許多。

「爲什麼？」小米有些失望，有些疑惑。他看著消瘦的爺爺，心中不禁難過起來。

「爺爺的肝臟長了惡性腫瘤，醫生說，只有幾個月的時間可以活。」爺爺從地上揀起兩片落葉，一黃一綠，放在小米的手上。「我的生命已經從這片綠葉衰老變成另一片的枯黃，接著就是死亡了。」

「死？爺爺要死了？那我就看不到您了！」小米難過得快哭出來。原本是快樂的暑假，現在卻落空了，以後再也看不到爺爺了。

「你以後會想念我嗎？」爺爺試著安撫小米的情緒。

「會啊！可是我再也看不到您了！我不喜歡死！您不要死！」小米有些茫然，有些抗拒。

「你剛剛說以後會想念爺爺的那種想法，你看得到嗎？」

「我看不到自己的想法呀！」

「因爲想法沒有形狀，不像是站在你眼前的一個人，或者一棵樹，所以你看不到自己的想法？」

「對啊！」

「但是你的想法還是存在的，不是嗎？」

「是啊！」

「雖然你看不到，有些東西還是存在著，就像你的想法一樣。」爺爺摸摸小米的頭，他的手掌仍然像往常一樣的溫暖。

「當你想念爺爺時，你自然會想起我們以前快樂的時光，並不會因爲爺爺死了，你就想不起我的模樣了。」爺爺指著大榕樹說：「就像它，葉子的生長代表了它的生命，落葉就是它死亡的那一部分。我給你這兩片葉子，你留著，就當作爺爺一直在你身邊陪著你。」

「死會很痛苦嗎？」小米想到電視上一些血腥的畫面，還有動物園裡的大象馬蘭臨死前痛苦的哀號掙扎，不禁害怕起來。

「會不會痛苦，我不知道，我還沒經歷過呢！」爺爺倒是很開心的笑了。

「可是我看過電視影集，有些快死掉的病人，身上插了一大堆管子，連說話都不行，到時候我怎麼跟您說再見呢？」

「你覺得那些病人很痛苦，在受折磨？」

「是啊，我看了都很難過。爺爺以後也會這樣子嗎？」

「你希望我那樣子嗎？」

「才不要！我要看到您平常的笑容，聽到您說話的聲音，我們還可以比賽剪刀石頭布的遊戲。我還要握著您的手，像小時候您牽著我的手，逛過大街小巷，我才不放手呢！」

爺爺沒想到小米已經長大了，變得有思考力，也更會惜福。

「那我死的時候，你要陪在我身邊，握著我的手。」爺爺叮嚀著：「還要記得打開窗戶，好讓我能看到這棵大榕樹哦！」

暑假快結束的時候，那棵大榕樹仍然茂密的擋著炙熱的陽光。小米帶著爺爺給他的那兩片葉子回家，他會好好保存這兩片葉子，也會永遠記得他和爺爺相處的美好時光。

（莫非）

我也不喜歡爺爺、奶奶或其他親人離開我。

在家庭中，有人老了、死去，有人繼續成長茁壯，這是生命中必然的生死交替，有快樂相聚，也必然有死亡離別的傷痛。

我們與家人生活了一輩子，家是最溫暖的地方，在面臨死亡的時候，當然不希望孤單的被遺忘。相信在家人的祝福下，死者可以平靜的走向另一個旅程。

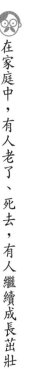

我捨不得爺爺、奶奶，也不知道怎麼跟他們說再見。

有親人要離開人世，我們通常不習慣、也不知道怎麼面對，如果說不出口，可以輕輕的擁抱他們，或握著他們的手，讓他們知道我們很關心、很在乎他們。

三枝畫筆

帶著夢想和祝福，向世界道別

陽光斜著照入病房，白色的牆壁顯得格外亮眼。

小珊已經在病床上躺了兩個月了。因爲骨癌造成骨折，手術之後，必須臥床休息。她整天看著空白的牆壁，還有窗外的天空，有時淺藍，有時陰暗。有時看著看著就睡著了，醒來時，陽光不見了，只剩室內的燈光，牆壁也跟著黯淡下來。

這時候，小珊最希望她同班最好的兩位同學，心美及錦月來探望她，她們總有聊不完的話題。

「這面牆好空哦！」有一次小珊忍不住問兩位好友有沒有什麼辦法，讓那面牆更有色彩。

「我們來畫圖，它就會漂亮多了！」還是心美腦筋動得快，立刻想到了畫畫的點子。

「好啊！我們先畫在兩張壁報紙上，然後再貼到牆上就行了！」錦月立即回應，顯然三個朋友默契十足。紙、水彩、畫筆準備妥當，第二天放學後，就立刻動工畫圖。

她們決定畫一個小女孩的夢想。這個小女孩從小喜歡看天空、賞星星，但很不幸的，她得了癌症，活不了多久，以後再也看不到藍天白雲、閃爍星星，以及皎潔的明月了。

「這不是畫我嗎？」小珊心裡有一些些的難過。她不知道疾病會給她多深切的痛苦，只希望朋友還能陪著她，藉著畫圖，畫出自己的夢想。

小珊先在紙的中央畫了赤紅的太陽，照著開滿花朵的花園。在左邊，心美畫了圓圓的月亮，雪白的顏色，好像生病的樣子。錦月在右邊畫了好多小星星。就這樣，一天天過去，三個女孩將她們內心的想像，一筆一劃的畫成色彩繽紛的夢想圖。畫面中央站著故事中的女孩，穿著白色小禮服，手裡捧著一束小百合，仰望著天上的各種景象。

小珊愈來愈消瘦，有時骨裡痛得難以忍耐，忍不住放聲哭了。

「我們知道妳很痛苦，所以來這裡陪陪妳。看看我們一起畫的圖，妳的夢想都在裡面啊！」心美盡力的安慰她。

「是啊，老師曾經告訴我們，生命有兩個階段，一個是我們現在活著看到的，另一個則是我們看不到的世界。這張圖有我們全部的世界，妳將來會有更多的時間去欣賞。我們都知道妳活得很勇敢。」

小珊很感激這兩位朋友的關心與安慰，讓她覺得自己最後的一段旅途走得很溫暖。

「我走的時候，希望帶著妳們的友情。」

「我們要送給妳很特別的禮物，讓我們互相記得對方。」說著，心美及錦月將她們作畫的畫筆拿出來，放在小珊的手裡。握緊著這三枝畫筆，小珊很激動，這就是她們之間最珍貴的友情，曾經畫出她們的夢想，使空白無趣的牆壁變得生動活潑。

即使面對著死亡，小珊仍以無比的勇氣畫出自己的願望，她要像圖畫裡的女孩一樣，天空中永遠有月亮、星星、太陽。

「明天我們把畫拿去裱框，就可以掛起來。妳每天張開眼睛，就會看到

它。」小珊感動的落下淚來。

隔天，圖畫掛上去了。小珊注視著畫中的景象，她的夢想、她的生命。慢慢的，她陷入昏迷。

死去的那一天，小珊穿著白色小禮服，如同圖畫裡的女孩，只是手裡握著三枝畫筆。她帶著珍貴的友情，走完這個階段的旅程，仰望著另一個世界的天空。

（莫非）

像小珊這樣生病的人一定覺得很難過吧！不但身體不舒服，也一步步接近死亡了。

人有病痛，往往不只是身體的不適，也會因此影響生活、工作、學習，甚至人際關係。生病的人，很容易有不安全感和無力感，我們要學習關懷他們，讓他們能保持心靈的平靜和安寧。

對於臨終的病人，更要盡量讓他們感受到關懷，讓他們覺得自己的人生是非常值得的，這樣才能以平靜的心度過生命的最後一段時光。

快要死的人，是不是捨不得向這個世界說再見？

要離開熟悉的親友和環境，當然捨不得，所以我們要讓病人知道我們愛他，讓他走得安心及放心，但是也不宜表現得太悲傷，這樣會讓生病的人牽掛。

生、老、病、死是每個人必經的過程，在病人離開人世之前，讓他們以最後的尊嚴，帶著自己的夢想走向另一個世界，這是我們能給病人的安寧照護。

心靈黑洞

每個人心中都有個外人進不去的地方

「唉，真想死一死算了。」志強嘆氣道。

最近志強簡直是把「真想死一死算了」當成口頭禪掛在嘴邊，一遇到不順遂的事，便脫口而出。甚至一連好幾天，一下課便躲進自己的房間，連吃飯都不肯出來。

爸爸也發覺到不對勁，心想是該和志強好好聊聊的時候了。

「我可以進來嗎？」爸爸輕敲志強的房門，但始終沒有人回應。

推開門，志強的房間裡黑漆漆的，一點光線都沒有。爸爸摸黑打開燈，只見志強一個人窩在床邊，雙手抱膝，沉默不說話。

「怎麼啦？生病了？」爸爸走上前，摸摸志強的頭，又摸摸自己的頭，沒有發燒。

「可不可以把燈關掉。」志強的眼眶紅紅的。

爸爸點點頭，將房間裡的燈關掉，四周又變成黑漆漆一片。

「可以跟爸爸講，究竟發生了什麼事嗎？」爸爸說。

志強還是不說話。

「沒關係，等你想說的時候再說吧！」爸爸陪志強坐著。

許久之後，黑暗中傳來志強微弱的聲音：「爸，我最要好的同學自殺了。」雖然爸爸早有心理準備，但仍不免一驚。

志強吶吶的說：「他自殺前一天，我還和他一起打過球，可是他什麼都沒有跟我說。」

黑暗中，爸爸始終搭著志強的肩，他可以感受到，志強的身體正因激動而微微顫抖。

「你知道什麼是黑洞嗎？」爸爸突然問。

志強點點頭之後，又搖搖頭。

爸爸說，黑洞是一塊時空的黑暗區，由一些質量頗大的星體，經過重力塌縮之後所剩餘的東西，是一個重力極大的天體，使得任何物質都不能從它的裡面逃跑出來，甚至連光線也不例外，所以是一顆漆黑的天體，因而被稱為黑洞。

「因為連光線都會被黑洞吸走，所以即使用天文望遠鏡也看不見黑洞。」爸爸說。

「眞神奇。」志強的聲音軟弱無力，像是從某個黑洞傳出來的。

「是啊！那你知道人的這裡也有黑洞嗎？」爸爸比了比自己的左胸口。

「那叫『心靈黑洞』，一塊不能跟別人分享祕密的地方。」

「可是……我們是最好的朋友耶！」

「如果你有心事，你會跟爸爸說嗎？」爸爸問。

「我不知道，也許會，也許不會。」志強說。

突然，沒有任何預警的，爸爸打開房間的燈，強光扎得志強睜不開眼。

「你看！」爸爸將握緊的拳頭舉到志強眼前：「即使是陽光最燦爛的地方，也會有看不見的陰影。」

在爸爸握緊的拳頭中露出一個小縫，從縫裡望進去，黑洞洞的，什麼都看不見。

「爸爸很欣慰你爲了朋友自殺而感到自責和悲傷，因爲唯有透過自責和悲傷，你才能確切感覺到心靈黑洞的存在，並且理解每個人都有自己的心靈黑洞，那是一個外人進不去的地方，即使是最好的朋友或親密的家人也一樣。」

「爸——」志強忍不住開始抽泣。

「不是你的錯。」爸爸拍拍志強的肩膀，攬他入懷中。

自從好友自殺到現在，始終悲傷不已但卻哭不出聲的志強，這時終於痛哭起來。

「哭出來是一件好事。」爸爸輕拍志強抖動的肩膀說。

（許榮哲）

既然黑洞看不見，天文學家怎麼知道黑洞在哪裡？

雖然我們無法看見黑洞，但可以利用那些被黑洞吸引、掉落其中的物質所釋放出來的輻射，來確定黑洞的存在。

那心靈黑洞呢？我們怎麼知道有心靈黑洞？

同樣的，我們可以藉由自己或他人在面對各種人事物時，所表現的各種細微的情緒反應，去察覺那個看不見的心靈黑洞。

每個人都有自己的心靈黑洞，例如志強對好友自殺的事，如果不能撫平悲傷的情緒，又一直覺得自己有錯，日子一久，這些傷痛就會變成他的心靈黑洞了。

姊妹

接受生命出的謎題

小竹小心翼翼的把一張照片塞進背包裡，輕輕的嘆了一口氣。她環顧房間四周，似乎依戀著什麼似的，目光緩緩的掃過屋裡的每件物品。最後，她的眼光停駐在書桌上的一張素描畫，淚水霎時湧出眼眶。素描畫裡的女孩在她的眼裡朦朧了，她一度激動，但還是忍住淚水。恍惚間，她碰落了擺在椅子上的背包，背包裡的照片從袋口露了出來。

照片中有兩名少女，對著鏡頭展露笑靨。其中一個臉色紅潤，透出青春健康的力道，眼底深處卻似蓄藏著憂恨；另一個面露稚氣純淨的神色，清秀的臉上卻也有淡淡的憂鬱。

小竹抬起了頭，眼光射向那張令她激動的素描畫。畫裡的人是她自己，臉色紅潤，透出青春健康的力道。放畫的書桌旁是一張單人床，那是小玲的

床。小玲，她的妹妹，照片中的另一個少女，也就是畫這張素描的人。

或者應該說，過去她們曾是親姊妹。不！她們還是姊妹，甚至更親，只是意義不同了。

三天前，爸媽又因爲小竹蹺課的事爭持不下。無意中，她聽到了一件讓她震驚，應該說，讓她恍然大悟的眞相。

「妳對孩子們的差別待遇太明顯了，這樣不公平！」爸爸話裡帶著怒氣與不諒解。

「我的好姊妹把她的孩子托付給我……」媽媽語調冷靜的說。

這句話像五雷轟頂！原來如此，一切都明白了！小竹現在終於知道，媽媽爲什麼對她責罰得特別嚴厲……

重重嘆了一口氣，小竹把手中的照片再度塞入背包，站起身來。

「就這樣了！原來我是不受歡迎的外來客。」小竹喃喃自語著：「小玲，就讓姊姊的影像伴著妳吧，那是妳的心血，也是姊姊的靈魂……」

她走出房門，穿過起居室，走向大門，空著的手摸向門把。大門洞開，她的眼睛洞開。門外站著一個少女。

小玲的眼睛洞開，眼裡充滿疑問與關懷，隨即是一抹緩緩綻開、憂心放落的微笑。

回到姊妹倆共有的房間，兩個人坐了下來。

「要是我遲了一步，姊姊就走了！」小玲滿懷憂慮與不捨。

妹妹話未說完，姊姊已插了進來：「小玲，妳永遠是我的好妹妹……爸爸也是……只是媽媽……我不知道……」小竹遲疑的說。

「可憐的媽媽……」小玲陷入沉思。

「我知道眞相了！我聽他們兩人親口說的。我不是媽媽親生的女兒，難怪處處招人厭！」小竹忍不住激動的說。

「不對不對！」小玲急急的喊道，小竹滿臉不解的望著妹妹。

「我才是外來者！是爸爸親口告訴我的，我的親生母親和媽媽是很好的朋友，就像親姊妹一樣。」小玲的表情浮現著歉意。「媽媽告訴爸爸，她答應過好友，要好好照顧她的孩子。她還說……好友的女兒比自己的女兒更重要。」

「啊……」小竹不敢相信她聽到的話，她的眼睛直瞪著前方，好久都說不出話來。等到她定住的眼眶鬆解，她和妹妹緊緊擁在一起。

（白志柔）

為什麼這個媽媽反而不疼愛自己親生的女兒？

也許因爲小玲是閨中密友的孩子，也許小玲身體不好，需要特別照顧，所以媽媽把心思都放在她身上。小竹在青春期反叛心特別重，體會不到媽媽的愛，跟媽媽的關係便拉遠了。

雖然揭開祕密是一種打擊，但我想小竹和小玲都會想知道真相。

每個人都想知道自己從何而來，都想知道自己的「根」在哪裡，因此有許多人在「尋根」。但是知道眞相之後會不會比較好呢？恐怕很難論斷！生命就像在一張地圖上行走，看似有軌跡可循，但生命代代傳承，自然會產生許多曲折的故事，這都不是我們能掌握或選擇的，也許認清了這個事實，眞相就不會那麼傷人了。

等待甦醒的小理

沉睡的植物人還是生命嗎？

在創世基金會裡，有一群沉睡中的人。

安靜的環境中，只聽得見抽痰機和呼吸器的聲音在幾十坪的空間裡迴盪，一些義工安靜而忙碌的穿梭在病床間。

一位義工正爲小理翻身，擦拭著身體。十八歲的小理，是在兩個月前因爲騎機車出車禍，腦部嚴重受損而成爲植物人，家人將他送來這裡接受專業的照護。這裡每天都有熱心的義工來幫忙照顧植物人。

小理的媽媽在他身邊，一邊幫他按摩，一邊跟他說著話，低沉溫柔的語調，像話家常般說著最近發生的事情。

「小理，你最喜歡的S.H.E又出新專輯了哦，媽媽已經幫你買了呢！」媽媽彷彿當他會有反應一樣的絮絮而言。「還有啊，你的朋友又寄卡片來給你了，他們還說考完試就會一起來看你。」

小理算是植物人中比較幸運的一個了。爲了小理，他的媽媽辭去工作，每天都來照顧他，除了幫他按摩全身，還把同學、朋友寄來的卡片唸給他聽。同學來探望他時，也會跟他報告學校裡發生的趣事，還有最近上演的電影、新出的唱片等。

小理剛變成植物人時，大家都抱著一絲的希望，期盼他能很快醒過來。但是時間久了，看他還是孤伶伶的躺在那裡，就覺得愈來愈沒有希望。小理的媽媽雖然也很憂慮，但她始終相信小理會好起來。她的樂觀和信心感染了大家，所以同學和朋友還是常常相約來探望小理，對他說說話。

植物人躺久了，因爲身體循環不良，很容易產生褥瘡，而且肌肉容易萎縮。但是小理的媽媽發現，小理情況惡化的程度比別人慢，臉色也比別人紅潤，而且有時還會有眨眼的反應，媽媽相信，自己的努力和眾人對他的關心，他一定可以感覺得到。

「加油哦！所有的人都在等你回來呢！」媽媽常常這麼對小理說。當媽媽唸同學給他的信時，她可以感覺到母子兩個都在堅持不懈的一同奮戰。

過了兩年，小理奇蹟似的醒過來了。他醒來的第一句話就是：謝謝媽媽，還有大家，你們的關心，我都收到了……。（劉書竹）

植物人好可憐哦，他們有沒有感覺呢？

《紐約時報》報導過一項醫學研究的結果，發現許多植物人的意識遠比醫學界所知的清醒，而且植物狀態是有可能治癒的。植物人雖然不能回應，但他們的大腦會對某些特殊刺激產生反應，尤其是親人的聲音，所以植物人其實是有感覺的。

如果有機會接觸植物人，要像和一般人相處一樣，保持輕聲細語，不要以爲他們聽不到，就在旁邊吵鬧。如果是自己照顧的親友，可以給予溫柔的撫摸、按摩。如果本身是病患的家屬，千萬別放棄希望，即使植物人不能言語，他們仍然需要支持，就像小理的母親做的，持續給予關懷，也許能創造奇蹟。

可是沒有錢、又沒有時間照顧他們，怎麼辦？

照顧植物人是要花很多時間和金錢的，但是很多家庭眞的沒辦法負擔，社會上有一群可敬的慈善人士在奉獻他們的愛心，比如說創世基金會就是很有規模的一個，不但照顧植物人，也爲獨居老人服務。

我們應該讓植物人安樂死嗎？

安樂死是一個爭議性很高的議題，因爲安樂死等於是以人爲的方式結束植物人的生命。當家屬決定要安樂死，並由醫生執行，這等於是共同決定殺掉一個人，對家屬和醫生來說都是很大的心理衝擊，如果處理不好，很容易產生後遺症。

人的生命有獨特的價值，並不是死了就一了百了，連殺人越貨的歹徒都不能被輕易判處死刑，何況是無辜的植物人呢？目前多數國家都還不贊成安樂死，而是以社會福利補助的方式來協助家屬照顧他們。

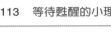

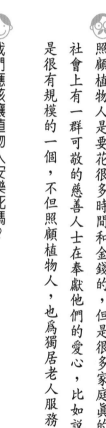

未完成的武術夢

每個當下都是夢想的起點

在路上遇到國中同學張耀武，他在一家貿易公司擔任業務員，才三十出頭，就發福了。老同學見面格外親切，我們到附近的一家速食店聊了一回。

一坐下來，我就問他：「你的武藝學得怎麼樣了？」他大概沒想到我會問起這檔子事吧，搖著粗短的脖子說：「明師難求啊！十多年來我一直在找，就是找不到眞正的高手。」

當年張耀武立志練武，國中畢業那天，他還很認眞的對我說：「你等著看吧，十年後我一定成爲武術高手。」如今非但武藝沒練成，還因爲應酬過多、缺少運動，弄成一身肥肉，看來他的心願不可能達成了。

國中時，張耀武喜歡看武俠小說，更喜歡看武術方面的書。他常嚷嚷著說要到武館練武，好幾次都說要報名了，但只是說說，並沒有具體的行動。

我們問他怎麼老是只說不練，他說武館的收費不便宜，他家的環境不好，只好作罷。

國一下學期，學校的聯課活動增設空手道的課程，我們班上有五位同學報名參加，但沒有張耀武。我問他爲什麼不參加，他說空手道是從少林拳簡化出來的。

「空手道太簡單了，練得再好，遇到武術高手，也不堪一擊，這種拳我是不屑學的。」張耀武一副很懂的樣子。

我們班上參加空手道社的五位同學，腰帶的顏色一再變換，到了國二下學期，全都升到咖啡色腰帶。他們練得臉色紅潤，渾身是勁，特別是王飛燕，她原本弱不禁風，是男生捉弄的對象，自從練了空手道，身體變結實了，對自己充滿自信，像換了一個人似的。

張耀武沒參加空手道社，卻喜歡看他們練習。有一次，我也站在一旁觀看，張耀武對我說：「你看，他們踢腿時重心不穩，他踢過來，只要這麼一撥，就一定四腳朝天。」他伸手比劃著，像個行家似的，他看過不少武術書，說起來頭頭是道。

國三的時候，課業加重，班上參加空手道的同學只有王飛燕繼續練習，其他四位都停輟了。國三那年的寒假，王飛燕升上黑帶。張耀武對我說：「他們都太遜了，要是換成我，恐怕國二就可以拿到黑帶了。」

國中畢業後，我經常在各大報的體育新聞版看到王飛燕的照片，大概是高三那年吧，王飛燕榮獲亞太地區女子空手道殿軍，運動生涯達到巔峰。每次看到王飛燕競賽得獎的消息，我就連帶著想起只說不練的張耀武。

十幾年過去了，張耀武變得一身癡肥，那天要不是他叫住我，我已認不出他來了。

（章杰）

要是張耀武國一的時候也加入空手道社，說不定會比王飛燕更厲害。

是有可能啊，但張耀武總是只說不做，還喜歡批評別人。我們大多數的人也都是說的多、做的少，心裡常常有些願望或夢想，但一直拖延著不去做，總覺得「將來有一天，我要……」，可是那一天眞的會到來嗎？

那該怎麼辦？

從「現在」開始，跨出第一步，就會離夢想更近一步了。就拿張耀武來說，想學武術，今天就去武館報名。沒有錢？從今天的零用錢開始存。不要給自己藉口，否則永遠都做不到！

許多人遲疑、拖延，往往是因爲內心有恐懼，害怕自己眞的做了之後會做不好。但是拖延著不行動，夢想並不會實現，恐懼也不會消失啊！

希望我不要成為另一個張耀武才好。

是啊，機會不等人，生命也不等人，把握當下，有什麼想做的，就趕快開始行動吧！

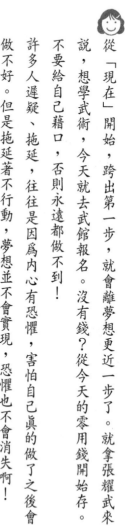

大偉的跟班

生命的軌跡自己刻劃

大家都知道，小梁是王大偉的「跟班」。

王大偉家裡很有錢，十八歲生日那天，他爸爸送他一部嶄新的進口車，他常常開車到處去兜風。相比之下，小梁的家境就不是很好，爸媽在市場裡租了個攤位賣小吃，有時假日忙不過來，還要小梁去幫忙。

但也不知道爲什麼，全班就小梁跟大偉最談得來，兩個人常常同進同出。小梁覺得跟大偉在一起很愉快，而且吃飯或玩樂都是大偉出錢，他只要負責跑腿就行了。大偉每個星期至少會帶著小梁去吃一頓「好的」，例如牛排、海鮮或日本料理。跟著大偉，小梁見過許多「世面」，那些高級餐廳和舞廳一般人從來沒機會去，他都去過了。

雖然大家都笑小梁是跟班，他卻不在乎，因爲跟大偉在一起，讓他覺得

自己很特別，誰教他最懂大偉的脾氣呢？

當然，有時候小梁也受不了大偉的脾氣，例如大偉只要想到什麼事情，就會立刻打電話給他，也不管當時是清晨還是半夜。大偉的個性比較衝，又沒耐性，有什麼不高興，就開快車來發洩，小梁雖然覺得這樣很危險，勸大偉他也不聽。

「車是我的，我愛開多快，就開多快。你不爽就下車啊！」大偉總是很任性的說。

大偉在補習班看上某個女校的學生，小梁幫他去打聽，知道她的名字叫曉惠，還幫大偉寫了一封情書給她。小梁好不容易替大偉約到曉惠，讓他們兩個單獨見面，大偉卻對曉惠不禮貌，不但講黃色笑話，還想對她毛手毛腳。生氣的曉惠奮力反擊，揚言說要告大偉。大偉從沒遇過這麼兇的女生，只好打電話叫小梁過來，要他把這個女孩子送回家。

有一天，大偉跟家裡的人吵架，心情不好，找小梁出去兜風，兩人在海產店喝了很多酒。喝酒開車本來就很容易出事，結果大偉還眞的把車子開過了街上的安全島，撞到對面的行道樹才停下來，兩個人都受了傷。

救護車把兩個人送到醫院，家人很快趕來了。小梁和大偉都傷得不輕，大偉的爸爸因爲認識另一家大醫院的外科主任，立刻安排讓大偉轉院。至於小梁，爲了等醫院的病床，在急診室裡待了兩天。

大偉本來傷勢比小梁還重，經過小心的手術，已經沒有大問題。小梁則因爲左小腿腿骨碎裂，以後必須拄枴杖走路。大偉出院後，曾來看過小梁一次，看到他的腿，也沒多問什麼，之後就沒再來了。

小梁這個樣子，當然當不成誰的跟班了，很快的，聽說有個名叫小董的學弟取代了他的位置。大偉還是常常開車去兜風，不過他爸爸換了一部有安全氣囊的車子給他，想必是安全多了。

爲了復健而休學一年的小梁也有了跟班，就是他的媽媽，每天推著輪椅帶他到公園去透透氣。

（郭霞恩）

小梁好可憐，任人擺布，最後大偉卻不理他了。

小梁可能覺得跟在大偉的身邊，好像自己也變成了他，可以隨心所欲，揮霍金錢和時間。但是每個人終究有自己的人生路，把自己的生命依附在別人的生命中，以爲這樣自己的人生就會不同，這是在欺騙自己。經過一場車禍，小梁重回自己人生的軌跡，卻已付出了不小的代價。

大偉一點損失都沒有，難道有錢就是萬能嗎？

當然不是。每個人都有自己的路要走，大偉雖然有錢，但是不懂得尊重人，生活也沒有目標，未來勢必要爲此付出代價。小梁看起來很能適應環境，如果他立定志向，找到自己的路，未來一定能發展得很好。

李慧玟談憂鬱與自殺

把自主權交回給青少年

（李美綾）

李慧玟，台北市立和平醫院精神科醫師、國民健康局諮詢保健專家，長期推廣兒童、青少年精神健康，除醫院門診之外，也前往建中、師範大學、東吳大學、台北醫學大學等多所學校提供個案諮商輔導的服務。

圖片提供／李慧玟

您為什麼會選擇當精神科醫師？

我原來是在耳鼻喉科，當了四年的住院醫師，後來才轉精神科。在耳鼻喉科時，常常替病人開刀，病人從開刀到出院的過程，對我衝擊很大，我常擔心病人會不會因爲我的一點疏忽而出差錯。

我高中開始就對心理學很感興趣，當醫師後，經歷父親生病、過世，我一直在思索，一個人生理上的問題固然重要，而心理疾病雖然是隱形的，卻足以影響人的健康，剝奪人的快樂。經過思考後，我就決定轉到精神科了。

接受過精神科專科醫師的訓練後，我先做婚姻治療、家族治療，發現兒童、青少年其實是家庭中最無助的，而當時我自己的孩子也正在成長階段，於是我便選擇以兒童、青少年爲主要的服務對象。

會有許多青少年因為憂鬱症而前來就醫嗎？

來門診的青少年，以適應上有困難的比較多，而近幾年憂鬱症的患者則有增加的趨勢。

一般來說，憂鬱症第一次發作時，一定會有明顯的壓力事件產生，例如考試的前後、感情受挫、家庭變故，將憂鬱症誘發出來，但什麼時候會表現行爲則不一定。比較常見的行爲是：明顯對課業沒興趣、無法集中注意力、學習成績有落差、人際關係疏離、變得比較畏縮、說不清楚自己發生了什麼事——後者也是令師長最困擾的，因爲憂鬱症患者常悶著頭不理人，把自己孤立起來，不希望別人來問。

經過診斷，確定是憂鬱症，才考慮要不要吃藥。我會跟青少年說明爲什麼決定吃藥？吃多久？何時停藥？會不會有副作用？同時了解他的問題和擔心。兒童、青少年的治療通常較費時，必須跟師長共同討論治療策略。

青少年時期有個很重要的發展使命是「自我控制」，意思是說，在這個階段他要建立自己的自主性，決定自己想成爲什麼樣的人，定位自己的人生角色。在這個重要的時期，如果生病了，對他來說是一種「失去控制」——我的身體不好、我沒辦法自我控制。這可以說是雙重的打擊，等於把自主性交給別人：「由別人來決定我要不要吃藥，什麼可以做，什麼不能做。」這樣一來，即使病情好轉，青少年還是會覺得自己很無能，因爲「不是我幫我自己站起來的，是醫生。」處理青少年問題的困難度就在於，要把自主權交回給他，教他學習自我控制。

青少年通常在什麼情況下會傷害自己或自殺？

低自尊、對人際關係的變動比較敏感、對周遭環境抱持不滿意的態度，這些都可能造成自我傷害。自傷的青少年，都是在情緒上有困擾，在自傷的當時有憂鬱情緒的傾向，但不一定是憂鬱症。

像我自己，年輕的時候也曾想自殺，可是當時我馬上想到：「不行！我明天還要考試。如果自殺，爸爸會難過，而且家裡的小狗就沒有人帶出去小便……」一想到這些事，就很難眞的自殺。爲什麼我在想自殺時會想到那麼多？因爲我有很多的「支持系統」，這些都是跟我有所連結的。

現在的青少年自殺案例增加，可能是因爲他們跟社會的連結變得比較薄了，他們的價值觀也變窄了。除了用分數、名校來確立自我的價值之外，似乎就沒有別的了。以前的孩子除了讀書，還要分擔家裡的事，而現在呢，父母往往只要孩子讀書，家事都不讓小孩接觸，價值觀的建立就窄化了。我常常勸家長讓孩子做家事，這樣孩子和家裡的連結才不會只是讀書。

多年來助人克服心理疾病，您自己的心得是什麼？

曾有病人跟我說：「李醫師妳好可憐，都要聽我們病人倒垃圾。」其實不會啊！因爲我並不是在收病人的垃圾，而是在做「垃圾分類」。分類完了之後，我會告訴病人，有些是可以回收的，有些不能回收的可以把它丟掉。所以最後這些東西都不會留在我這裡，而是回到病人身上。無論如何，面對問題的不是醫師，而是病人，醫師只是幫助病人面對問題。

我覺得精神科醫師比其他科醫師更人性化、更有人情味。而且精神科很「科學」，只要問病人幾句話，就可以大概摸索出病人的思考是什麼樣、情感的狀態是怎麼回事、行爲模式爲什麼會產生，這是精神科醫師厲害的地方。

生命本就豐盛和圓滿

小動物會怕痛嗎？

街上的流浪動物都是從哪裡來的？

野外的昆蟲那麼多，多捉幾隻沒關係吧！

癌症末期的病患，有什麼樣的心情？

每次考試都考壞，是不是運氣不好？

爺爺有重聽，跟他說什麼都聽不懂耶……

媽媽長白頭髮，是不是已經老了？

人死了以後，會去哪裡呢？

浦島太郎救命啊！

動物有知覺，怎麼忍心傷害牠？

昨天開班會的時候，我們決定要參加全校的話劇比賽，投票選出的戲碼是《浦島太郎》。劇本將改編自一則日本的民間傳說，故事的主角是個名叫「浦島太郎」的漁夫，好心的他因爲救了海龜，而有機會到龍宮一遊，並接受海龍王的熱情款待和禮物……

我很喜歡這個故事，事實上，提議要演《浦島太郎》的人就是我。我經常幻想自己就是「浦島太郎」，乘坐在大海龜的背上，去參觀奇妙的海底龍宮。那兒會有許多衣著鮮豔的宮女和侍從、數不盡的金銀珠寶，還有吃不完的美味食物……總之我想，由我來演「浦島太郎」這個角色，一定會詮釋得很完美。

奈何事與願違，班上同學竟然一致認爲，以我這種壯碩的體格，是飾演

好的演。

「海龜」的不二人選。好吧！好歹也是第二男主角，爲了班上的榮譽，我要好好的演。

今天是禮拜六，大家約好下午要到學校排演第一場戲，也就是有四個頑童欺負我，而浦島太郎出現救了我的那段。

戲的一開場，我背著用紙箱做成的龜殼，笨拙的在地上爬。

「我現在是一隻在海灘上散步的快樂海龜。」我一邊想著，一邊面向觀眾的方向露齒微笑。

接著四個頑童出場，拿著紙和保麗龍做的石頭、棍子走向我。看他們團團圍住我，眞讓我感到有點害怕，因爲從這麼低的角度仰頭看，他們四個看起來好高大啊！而且明明說好拳打腳踢只是做做樣子，可是大偉好像太入戲了，竟然眞的踢了我一腳。

「很痛耶！」我大聲叫了出來，虧他還是我最要好的朋友呢！

「對不起嘛！我沒有很用力啊。」大偉覺得很無辜。

「你覺得沒有很用力，可是被踢的人覺得很痛啊！」由於我的抗議，他們再三保證不會再犯，於是戲才繼續排演下去。

我盡可能揣摩海龜當時的心情——雖然努力逃走，可是卻無能爲力，只能任憑擺布。等到浦島太郎登場，趕走頑童的那一刻，我眞的大大鬆了一口氣。浦島太郎，你是我的救星！

總之，雖然有點小波折，整體來說我對於自己今天的表現頗爲滿意，大家也都稱讚我演得很好。排完戲回家的路上，大偉指著路邊的蝸牛說：「你看這隻蝸牛，跟你今天演海龜的時候好像哦！慢吞吞的好好笑，讓人忍不住想逗逗牠。」邊說還邊用手指戳蝸牛的殼。

「不要欺負牠啦！」我阻止大偉。

「我又沒有很用力，只是跟牠玩而已。」大偉覺得自己很無辜。

「可是，牠可能不喜歡你這樣跟牠玩。」我說。

回到家，看到小咪躺在沙發上，我想像如果我是貓，會希望別人怎麼待我，於是我走過去，緩慢而且輕柔的撫摸牠。牠看起來很舒服似的，喉嚨裡還發出呼嚕呼嚕的聲音呢！

（薛文蓉）

大偉如果也想像自己是那隻蝸牛，就不會欺負牠了。

是啊，小動物雖然不會說話，但牠們是有感覺的，不但怕痛，也怕受傷害。不管是與人相處，還是對待動物，我們都要多想想「己所不欲，勿施於人」這個道理，可別把自己的快樂建築在他人的痛苦上。

其實有時候只是覺得好玩，卻不曉得已經傷害到小動物。

因爲體型大小的差距，小動物能承受的力量跟人類是不一樣的。我們好奇的逗弄牠們，以爲這樣很滑稽可笑，卻不知道牠們可能正在痛苦的掙扎著呢！

阿嬌的寶貝貓

以愛相待，萬物皆平等

阿嬌剛買了一隻非常漂亮的金吉拉貓，名叫「寶貝」。牠有一雙寶石般深邃的藍眼睛，一身潔白柔軟的美麗長毛，任誰看了都會忍不住讚美一番，而阿嬌更是得意得不得了。

「寶貝的媽媽可是得過世界冠軍的喲！」只要有人稱讚寶貝，阿嬌就不忘提及牠的高貴血統。

「這隻貓眞嬌貴！」看大家羨慕的神情，阿嬌覺得自己好有面子。阿嬌的家境不錯，爸媽經營自己的公司，但平時忙於工作，常常沒空陪她，所以媽媽買了這隻貓跟她作伴。

剛開始阿嬌充滿新鮮感，對寶貝寵愛有加，不但買最貴的貓食給牠吃，經常替牠梳理長毛，而且每個禮拜還要洗澡。可是時間一久，新鮮感消失

了，讚美的話聽多了也沒什麼感覺，阿嬌對寶貝愈來愈沒耐心，不但懶得幫牠洗澡，連貓砂盆都是累積了好多天的排泄物，臭味四溢了才動手清理。

過了沒多久，寶貝的長毛打結了，而且還有點臭臭的，只要牠一接近阿嬌，就會被阿嬌趕走。失去寵愛的寶貝，也不知道什麼時候溜出去玩，就這麼失蹤沒回來了。不過阿嬌並不是很在意，也沒有時間出去找牠，好像當作沒這回事一樣。

有一天，阿嬌在上學的途中，看到一隻正在翻垃圾桶的流浪貓，這隻貓一見到阿嬌，立刻向她跑過來。

「走開！」阿嬌撿起地上的石頭丟牠。「髒死了，眞討厭！」阿嬌向身邊的同學阿棟抱怨著。

「那不是寶貝嗎？」前一陣子才被阿嬌拿來獻寶的名貴貓咪，現在竟然變成這副模樣，阿棟非常驚訝。

「是嗎？」阿嬌仔細一看，好像眞的是寶貝，可是那副又髒又臭的模樣，眞讓她沒面子，她才不要承認呢！「阿棟你看錯了啦，牠不是寶貝！」

之後連續好幾天，阿嬌都在這個垃圾桶附近看到寶貝，但她都裝作沒看見，有時用石頭丟，有時用腳踢，眞希望牠從此消失，不要害她在同學面前丟臉了。也許是被阿嬌的不友善嚇到，寶貝果然不再出現。

大概過了一個月，阿棟請阿嬌到他家玩，阿嬌一進門，便看見一隻雪白的金吉拉貓，美麗又高貴的坐在沙發上。

「哇！好漂亮的貓咪哦！」阿嬌忍不住讚嘆，不過這隻貓好像很怕阿嬌似的，一見到她就躲起來。

「你不認識牠了嗎？牠就是寶貝呀！」阿棟說。

阿嬌覺得十分難爲情，也不好意思把貓要回來。從此以後，寶貝貓有了愛護牠的新主人。而阿嬌呢？她再也不會拿寵物來炫耀了。

（吳立萍）

這麼名貴的貓，阿嬌怎麼捨得不要呢？

品種或血統，說穿了都是人類自己定的標準。在自然的世界裡，生物並不會因爲長相順不順人類的眼，而有貴賤的分別。同樣的，寵物與流浪動物也只有一線之隔，只不過寵物有主人關愛，流浪動物只能自生自滅。

我也很想養寵物。

很好啊！我們不是世界上唯一的生物，飼養寵物能讓我們學習與動物相處，培養對生命的責任感，而且有靈性的寵物跟我們作伴，能爲我們帶來樂趣。

為什麼街上會有那麼多的流浪動物？

有些人因爲一時心動養了寵物，但等到失去新鮮感，就不想養了。要是能送人還好，最怕有人乾脆把寵物趕出門，讓牠們在街上流浪。這些動物要是沒做過節育手術，很容易繁殖，就會產生更多流浪動物。寵物很可愛，但是飼養前一定要想清楚，也要有照顧牠們一生的準備，一旦飼養之後，便把牠們當成家中的一份子。

小心！那個有毒！

維護自然和諧，別成生態殺手

張伯伯是國家公園的義務解說員，每逢星期假日，他都會到國家公園爲遊客解說動、植物生態。

今天，他才剛帶完一個團體，準備回辦公室休息時，看見步道旁有一對夫妻帶著兩個小孩，每個人手上都拿了一把小鏟子，在草叢裡又挖又翻，挖到想要的植物，便放進一旁的袋子裡，不要的則隨便扔到一旁。

「又有人來亂採植物了。」張伯伯嘆了一口氣。

像這樣的情形幾乎每個禮拜都會有，以前張伯伯會先好言規勸，說明國家公園的一草一木都不能隨便採摘，以免破壞景觀及生態。不過，並不是每個人都聽得進去，甚至還有人罵他多管閒事。其實張伯伯可以直接向國家公園的警察局告發，請他們來開罰單，但他認爲這只能治標，不能治本，這些人不在國家公園採，以後還是會到其他地方採。

「你們在做什麼呀？」張伯伯假裝好奇，向正在亂採植物的一家人問道。

「在採『過貓』啦！」爸爸拿著剛挖起來的植物說道。

「這個加點肉絲炒一炒，很好吃哦！」媽媽也在一旁幫腔。

張伯伯一看就知道，他們所挖的植物根本不是過貓，而是一種長得和過貓很像的栗蕨。這種植物有毒，新聞就曾報導過，有人誤將栗蕨當過貓吃，結果引起中毒，嚴重的還會導致死亡，或必須靠洗腎度日。

「小心哦！那個有毒，你們不要再採了，也千萬不能吃！」張伯伯好心的告誡他們。

一聽說手上的植物有毒，一家人嚇得趕緊把採來的東西丟掉，悻悻然的開車離去了。

沒想到，過了半小時，張伯伯再經過剛才那個地方時，發現這一家人又回來了。張伯伯只好明白的告訴他們，在國家公園裡不可以採集任何植物，這不僅是爲了保護自己，避免吃到有毒植物，更重要的是維持生態平衡。但這家人根本不理會他，仍然使勁的又挖又拔。

「你不是說有毒嗎？我吃了怎麼沒事呢？」這位爸爸不信邪，拿起一片葉子嚼了起來。這下可不得了，張伯伯發現他所嚼的植物，是有毒的山菅蘭。

「別吃！那是有毒的山菅蘭！」張伯伯話才說完，只見爸爸皺緊了眉頭，把口中的葉子吐掉，還直嚷著味道不好！

「這種植物具有瀉毒性，吃下去會瀉肚子，以前有人用它的汁液來毒老鼠。」張伯伯認真的說明。

聽了張伯伯的話，媽媽急忙問道：「我先生不會有事吧？」

「還好吃的不多，不會有事啦！」張伯伯回答道。

「以後不敢了啦！」爸爸不好意思的向張伯伯道了歉，繼續說道：「住我家隔壁的老謝，最愛採什麼野菜、草藥了，我回去告訴他別再亂採了，免得哪一天吃到有毒植物，會害死自己。」

（吳立萍）

對植物不了解，就不應該亂採嘛！不過話說回來，如果採的不是瀕臨絕種的植物，應該比較沒關係吧？

濫採或濫捕非瀕危的物種，雖然不至於在短時間內造成滅絕，但卻會破壞生態的平衡。一個物種在某一地區生長，一定是搭配當地的氣候，以及其它動物的交相作用，形成完整的生態網。一旦移出或加入任一物種，必定會使這個生態網重新組合，以達到生態平衡的狀況，這從另一個角度看，就是一種生態破壞。

為什麼要保護這些物種？就算它們絕種了，對我們有什麼影響？

人類常認爲自己是地球的主宰，其實大自然孕育的生物何止千萬種，人類只是其中的一種而已，沒有權力影響其他生物的生存。而且自然萬物相依相存，彼此的關係十分密切，例如我們的食、衣、住、行，往往得靠大自然提供原料，要是破壞了生態，人類也會自食惡果，怎麼會沒有影響呢？

獨角仙的祕密基地

尊重生命，野外採集勿過度

趁著三天的連假，大雄和妹妹小麗到南投的叔叔家去玩。大雄最喜歡跟叔叔一起去爬山了，因爲叔叔不但認得許多植物和動物，熟悉許多大自然的小故事，而且啊，叔叔還知道獨角仙的祕密基地在哪裡哦！大雄這次來，可沒打算空手而回，他希望能抓多少是多少，這樣他就能建立一個壯觀的獨角仙牧場了！

搭車到叔叔家時已經是黃昏了，叔叔要他們早點睡，養足了精神隔天才有力氣爬山。大雄因爲一直想著捉獨角仙的事，興奮又緊張，翻來覆去好不容易才進入夢鄉。

在夢中，他來到「獨角仙的祕密基地」，哇！樹上、地上滿滿的都是獨角仙，多到要小心走路才不會踩到。當大雄正爲眼前的景象驚嘆時，不知道從哪裡來了好幾個人，手上拿著大麻袋，正迅速的將獨角仙裝進袋中，一下子獨角仙就少了一半。大雄看了心急，也趕緊要動手捉，可是手還沒摸到，就已經一隻不剩了。

早上大雄醒來後，想到昨晚那個奇怪的夢，他深怕夢境會成眞，便頻頻催促叔叔趕快出發：「不然獨角仙都要被捉光了！」

進入山裡沒多久，叔叔就揮網捉到一隻蝴蝶。他將蝴蝶從網中取出，小心不傷到牠的翅膀：「你們來看，這是大鳳蝶，牠的花紋很美麗吧！」

「叔叔，這隻給我好不好？我要做成標本。」大雄說。

「蝴蝶的美麗應該留在大自然裡，把牠放走吧！」小麗反對這麼做。

「我小時候也做過蝴蝶標本。對美麗的東西感興趣，並且想把牠收藏起來，是很自然的念頭。可是別忘了，你把蝴蝶做成標本，就縮短了牠的壽命。」叔叔接著說：「這是一隻雌蝶，你們看牠肚子鼓鼓的，一定是快要產卵了，我們還是把牠放走，讓牠生小寶寶，好不好？」

「好！」兄妹倆異口同聲的說。

走了半個小時，來到一棵大蓮霧樹下。仔細一看，不但樹枝上結滿了果實，還有許多掉落在地上，散發出一種甜甜酸酸的味道，吸引了很多昆蟲在這裡享受大餐。

「這裡就是獨角仙的祕密基地嗎？」大雄趕忙向前，馬上就在樹幹上找到十幾隻獨角仙，有公的也有母的，每一隻都專心的吸食著樹液。大雄興奮的說：「幸好還沒被別人捉光，你們快來幫我一起捉！」

「你要捉幾隻啊？」小麗問。

「愈多愈好啊！我會養牠們，給牠們很多食物，讓牠們高高興興的生小寶寶，等死了才做成標本。這樣妳沒話說了吧？」大雄覺得這個計畫很完美。

「要獨角仙離開自己的家，牠們才不會高興呢！」小麗不以爲然。

「叔叔也有同感。如果喜歡獨角仙的人都能節制自己，讓獨角仙留在原來的自然環境裡，對牠們來說才是最好的。」叔叔說：「你這麼想養，就養一對吧。要好好照顧牠們哦！」

雖然大雄覺得很可惜，但聽叔叔說的也有道理。

「我不要捉光牠們，這樣明年、後年來這裡，還是可以看到很多很多獨角仙，對不對？」

獨角仙在大雄的手臂上爬，讓他覺得有點癢。他很仔細的挑了一對，依依不捨的離開了獨角仙的祕密基地。

（薛文蓉）

既然要尊重生命，為什麼還要把昆蟲殺死、做成標本呢？

爲了了解自然，我們通常會研究生物的外型、結構，然後再進一步探索他們的生態。目前我們所知道的有關動、植物的知識，都是前人經由採集、製作標本慢慢累積起來的。動物製成標本後，可以永久保存，供許多人研究之用。

在生命的邊境守望

癌症患者勇敢走完人生最後旅程

我的大阿姨是護士，在醫院工作了很多年，今年退休後，她留在醫院的癌症病房做義工。媽媽和我都不懂，大阿姨爲什麼要服務癌症病人？

今年寒假我有一份作業，是要自己選一個機構參觀，然後寫心得報告。這種作業我從小學一年級就開始做了，寫過動物園、植物園、圖書館、天文台、科學館等地方，今年我想寫點特別的，於是就想起大阿姨工作的醫院。正好媽媽也想去看大阿姨，我們便結伴前往。

一個星期三的下午，媽媽和我到大阿姨做義工的醫院去。這雖不是台灣數一數二的大醫院，規模卻也不小。大阿姨帶我們到每一樓、每一科走馬看花的逛一趟，我看到幾乎每一科的門診都有很多病人在等候，他們的表情嚴肅又安靜，跟在電影院門口排隊買票的觀眾神情大大不同。

醫院的三樓以上是病房，大阿姨帶我們去十樓的癌症病房參觀。一聽說要去癌症病房，我的心裡就開始緊張，媽媽看出我的心情，便伸手挽著我一起走進去。

病房裡住的大多是癌症末期的病人。雖然已經是末期，可是病人、家屬和醫生都還抱著一絲希望，並不放棄治療，因此有的病人要準備接受手術，也有的是剛動過手術不久，手上還吊著點滴，有的病人則在接受特別的化學治療。病房裡的癌症病人看起來都臉色蒼白、乾乾瘦瘦，虛弱無力的躺在病床上，他們的家屬也顯得一臉疲憊。

癌症病房旁邊有一個很特別的病房是「安寧病房」。大阿姨說這個病房裡住著癌症最末期的病人，他們已經自願停止接受治療，但醫院仍然提供他們較爲舒適和減輕痛苦的醫療照顧，讓他們能在安寧平靜的環境中，走完人生的最後旅程。

安寧病房的走廊靜悄悄的，病人的房間大都關著，只有一個小房間的門是開著，小房間裡有幾個隔間，每個隔間布置成不同宗教的聖堂，作爲病人和家屬的祈禱室。安寧病房的角落，另有一個很特別的房間，是給家屬和剛往生的病人，在送往太平間之前，舉行宗教儀式用的。

原來醫院的服務包括了生老病死，這是我以前不曾想到的。大阿姨爲什麼自願在癌症病房當義工呢？癌症病房的義工做些什麼事呢？

大阿姨說，有的癌症病人在檢查前或手術前，心情會緊張，這時她就和病人聊天，紓解他們的壓力。有的病人沒有家屬在身邊陪伴，她就抽些時間去看他們，和他們談話或爲他們祈禱。

大阿姨告訴我們，癌症病人心裡難免會有恐懼、焦慮、不安，甚至會自責，並且感到沮喪和無助。另一方面，病人的家屬也會感覺難過和失落。不管是病人或家屬，他們的身心都承受很大的壓力，需要親友和社會人士幫助他們度過難關。大阿姨從事護理工作多年，具有這方面的專業知識和經驗，所以才決定退休後到癌症病房當義工。

（吳嘉玲）

人為什麼會生病？

生病的原因有很多，有的是被病菌傳染，譬如：流行性感冒、肺結核。有的病是因爲意外，常見的有燒傷、車禍。有些病是由於環境污染所引起，常見的有鉛中毒、氣體中毒。人的年紀大了，器官退化也會生病，像是老年人的退化性關節炎等。

有的病因很單純，有的病因比較複雜；有的是我們已經知道的，有的則還不清楚，譬如癌症，許多科學家都在做這方面的研究。

生病的人很痛苦，尤其是久病或患了癌症。我們能怎麼幫助他們呢？

我們可以多給病人安慰和鼓舞，多陪伴他們，讓他們有信心，勇敢的接受治療。病人家屬的辛苦和難過並不亞於病人，更要多鼓勵和體諒他們、支持他們，使他們有力量照顧摯愛的親人。

不吉利的闈場

命運千迴百轉，成就了大文學家

清康熙二十九年（一六九〇年）八月，山東省城濟南府鄉試考場，屢敗屢戰的蒲松齡再度應試。這一年，他已經五十一歲了，垂垂老矣，身子骨也不太聽使喚了。

決定應考前，蒲夫人極力勸阻。

「老爺啊！別再折騰自己了。一大把年紀了，每隔三年就去領受一次失望，犯得著這麼拚著老命嗎？落榜之後，總是又發咒、又賭誓的，決心下得老大，說是再也不去受辱，可時間一到，老毛病又犯了！」

蒲松齡紅著臉，有點不敢正眼看夫人，只能囁嚅著說：「夫人，我的老毛病都讓妳摸得準準的！說實話，每次考場鎩羽，我的確都想著『到此爲止，可以了，不再跟司命神鬧脾氣了！』尤其是近幾年，每得知又是榜上無名，一開始總是魂飛心失，意氣消沉，沮喪到了極點；繼之，憤火熾燃，恨考官手不乾淨，文曲星是睜眼瞎子，恨不得要把筆折了，紙燒了，從此與科舉絕緣！無奈，考期一到，氣也消了，手底癢得難受，不再去拚搏一次，簡直坐立難安！更何況，三年前，要不是因為一時疏忽，我的命運或許已經改觀了！」

話說三年前，也就是康熙二十六年，蒲松齡四十八歲，年近知命，卻猶未知命。這一年鄉試，一如既往，他求取功名的壯志又凌空飆起，而且他福至心靈，滿懷希望。果然，這一年的試題正對他的思路，考前的準備，他又做得很充分，他覺得信心十足。

「看來是十拿九穩了！司命神畢竟把鎖緊的眉頭舒展開來了，我好像看到文曲星的金筆正點向我的額際……」

他文思滾滾，下筆文采飛揚，很快打完了草稿。反覆檢查了幾遍，他眼底精光竄出，豪氣盈胸，信心滿滿。隨即，他運筆疾走，迅速把文章謄到試卷上，謄完了稿，再從頭翻閱。

「哎呀！」他驚呼出聲，臉色一下子變得慘白。

原來他在匆忙間，把試卷中的一頁落下空白，違反了規定。這一來，他連下一場考試都不得參加，中舉當然無望了！

隔了三年，蒲松齡的不甘心已經累積到了極致，夫人的勸阻反而激發了他不服輸的情緒。

「厄運總會到頭的……」他心想。

終於等到八月八日，蒲松齡進了考場，九日開始考試。這一次他特別留了神，沒有重蹈覆轍，試卷上全部合乎規定，而且文章鏗鏘有力，不輸三年前。然而不幸的是，到了十二日的第二場考試，他肚子不爭氣，被猛烈的疼痛壓垮了……

「五十而知天命。我行年五十一歲，還想與命運抗衡，奈何！」蒲松齡只能嘆息。

（白志柔）

蒲松齡屢次應試都沒考取，這是命運在捉弄他嗎？

你相信「命運」嗎？有些事情我們不費什麼功夫就能做成，有些事情卻費了九牛二虎之力，反而求也求不得。有人說這就是命運。

也許蒲松齡是眞的被命運捉弄了，但如果不是他爲了考取功名而苦讀、苦學，磨練出生花妙筆，恐怕也寫不出《聊齋誌異》這本膾炙人口的名著啊！

那我們怎麼知道自己的命運是什麼呢？

就算我們相信有「命運」，也無法預知自己的命運究竟是怎麼樣。蒲松齡沒有如願中舉，卻成爲一流的文學家，這也是他自己始料未及的。就算命運天定，那又怎麼樣呢？我們仍然有充分的自由，可以追求自己的理想。不論成果是否符合我們的期望，我們都已經充實的活過了！

寶貝老人家

長輩要的不多，陪伴他們安度晚年

「孩子回去吧！你若是幫我洗澡，晦氣會不斷冒出來覆蓋你……」老婆婆縮在陰暗屋子的角落，逃避前來探望的年輕人，她害怕自己年邁的身體會讓年輕的生命遭受惡靈的威脅。

蘭嶼的達悟族人不明白爲什麼老化會帶來死亡，只好將一切不可知的事物歸因到「惡靈」作祟，他們深信人老了，晦氣就會上身，將給年輕人招來惡靈。所以，到了一定的年紀之後，老人家們便自動離開孩子，獨自居住，一個人孤單的面對生命的結束。

專業護理出身、知道迷信深深傷害老人身心靈的張淑蘭，最大的志願就是不斷細心的照顧獨居的老人，讓老人和年輕人知道：老化並不可怕，不要讓摯愛的家人帶著感傷和遺憾孤苦的離開。

「如果那是我媽媽，我會很心疼。」張淑蘭想起一位年邁的阿嬤在大雨中行走，因爲無法快跑，只能任雨打淋的模樣，讓她難過得痛哭失聲。

因爲張淑蘭的努力，許多達悟族的年輕人開始認眞思考，這樣的傳統究竟帶給了老人們什麼樣的傷害。

「眞希望孩子們能再來看我一眼。」飽受慢性病所苦的老人們，在臨終之際幾乎沒有掛念自己病情的，只想念親愛的孩子。

「就算有再多的錢和物資捐到蘭嶼，也沒有人可以陪老人聊天。」但是現在，已經有了約七十名義工穿梭在蘭嶼，挨家挨戶的照顧獨居老人。達悟族人對老人的排斥和疑懼漸漸消失，年輕人開始學習照顧老人，老人們也開始試著接受照顧。

「他們的年紀可以做我的孫子，但我卻覺得他們像媽媽一樣照顧我。」一位瞎眼的老阿嬤感謝上天賜下的天使。

「在老人家的身上看到智慧之神的存在，我們本來就應該要好好疼愛他們。」張淑蘭說，每次照顧過他們，就想抱抱他們、親親他們，看著好像重新獲得生命的老人們「讓我很感動，我願意一直做這樣的工作。」

張淑蘭和醫護人員最大的不同，是她把病人當成家人；即使休假，她也要去探望她的「老」朋友們。張淑蘭甚至希望可以在蘭嶼蓋一座安養中心照顧老人，讓他們有個溫暖的家。

（倪宏坤）

張淑蘭熱心照顧老人家，不去發展自己的事業，會不會太可惜了？

張淑蘭接受過專業的護理教育，而且她出身達悟族，沒有人比她更能體會沒有道理的迷信所帶來的傷害。張淑蘭等於是先代替達悟族的年輕人照顧長輩，希望有一天，這些年輕人會願意自己照顧自己的家人，讓老人家們愉快的生活著，這可是拋磚引玉的行動呢！

現在已經廿一世紀了，為什麼達悟族還會有這麼奇怪的觀念呢？

每個民族都有自己獨特的傳說和信仰，不過達悟族人的這個觀念顯然是

不好的；藉著照顧老人、讓老人重新擁有快樂笑容和健康身體，可以說服大家拋開舊有不合宜的傳統哦！

其實，我有時候也覺得爺爺、奶奶年紀大了，說話、做事情都好慢好慢，跟他們說什麼他們都聽不懂，好無聊哦！

人年紀大了，動作本來就會變慢些，也不太容易弄清楚現在到底流行些什麼。但是，我相信爺爺、奶奶還是很希望能常常和你作伴，如果你慢慢講一些你喜歡的事情，或學校裡的趣事給他們聽，他們會很滿足、很開心的！

當我們小的時候，都曾受到長輩們無微不至的照顧，長輩們經過人生的歷練，可以在許多事情上提供我們意見。花點時間陪陪他們，不僅他們高興，我們也會很滿足哦！

父親節禮物

照看夕陽無限好

一年一度的父親節又快到了，哥哥和我開始傷腦筋，要送什麼禮物給爸爸好呢？我們想送個既實用又新奇、能帶給爸爸驚喜的禮物。

我們向媽媽打聽，問她有什麼意見。媽媽笑著說，只要不再送領帶、皮帶、皮夾，爸爸都會感到驚喜的。我們決定找機會試探爸爸的心意。

「今天報上登了很多父親節禮物的廣告，有泡腳機、按摩椅、照相機……爸爸喜歡我們送什麼給您當做父親節禮物呢？」吃晚飯的時候，哥哥詢問爸爸的意見。

「日子過得眞快啊！一轉眼又到八月了。以前爺爺在世時，我還會注意爸爸節是哪一天，爺爺去世後，我就不怎麼在意父親節了。」提起父親節，爸爸有感而發，想起去世多年的爺爺。

「爸爸以前都送什麼禮物給爺爺？」我想從爸爸的答案中得到一點靈感。

「什麼都有啊！」爸爸說。

「我們年輕時只知道有母親節，還沒有父親節。近十幾年來人們才開始注重父親節。尤其商人大力鼓吹父親節送禮，使父親節逐漸受到重視。」媽媽也發表了她的看法。

「爸爸，您送給爺爺的禮物中，他最喜歡哪一件？」我窮追不捨的問。

「我們那個時代，一般家庭經濟情況都不好，小孩都沒有零用錢花，因此父母生日或特別節日，我都自己畫張卡片表示心意。後來做事賺了錢，才開始買禮物送給爺爺和奶奶。」爸爸很少談他小時候的事，今天眞難得。「不論是我自己做的或是買的，他們都很喜歡。」

「爸爸，您送給爺爺的禮物中，有什麼是印象最深刻的？」哥哥仍然不放棄，繼續兜著圈子問。

「你們記不記得爺爺有戴假髮的習慣？他四十幾歲開始有白頭髮，五十幾歲開始染頭髮，到了快六十歲，整個頭髮幾乎花白了。爺爺很重視儀表，常爲了滿頭白髮大傷腦筋。雖然可以染頭髮，但是怕染髮劑傷身，而且隨著年

紀大了也掉頭髮。」爸爸繼續回憶說：「記得他六十歲生日時，我特別到假髮店定做了一付假髮送他。爺爺眞喜歡那頭假髮，從此也不再爲禿髮和白髮煩惱了。」

爸爸談起送爺爺假髮的往事，我的視線很自然的移往爸爸的頭髮，發現爸爸還不到五十歲，也有許多白頭髮了。我問爸爸爲什麼不染頭髮呢？爸爸說，他也怕用到不好的染髮劑，會傷身體。

心思細膩的哥哥，似乎對父親節的禮物有了靈感，他說已經想好要送什麼禮物了。第二天放學後，我們相約一起去爲爸爸買禮物。爲了製造驚喜，我們都很保密。

父親節那天，哥哥和我送禮物給爸爸。爸爸打開禮物，看到一瓶植物性、不傷身體的染髮劑，很欣慰的笑開了！晚上媽媽、哥哥和我三個，立刻就幫爸爸染髮。

這眞是個令人難忘的父親節。

（吳嘉玲）

好別出心裁的父親節禮物啊！為什麼人上了年紀，頭髮就逐漸變白呢？

人過中年以後，因爲開始老化，髮根的色素細胞也跟著減少，所以頭髮顏色變得越來越淡，甚至到最後沒有顏色，也就是我們說的白色。

染黑了頭髮，看起來比較年輕呢！

是啊！黑髮被認爲是青春的象徵，所以有些人長了白頭髮，就會覺得自己衰老了，開始感嘆生命的短促。其實老化是人生必經的過程，只是有的人比較早開始老化，有的人稍晚而已。如果希望青春長駐，就要注重衛生和保健，例如適當的飲食、運動以及愉快的心情等，不但可以延緩身體的老化，也能降低因老化而生病的機率。

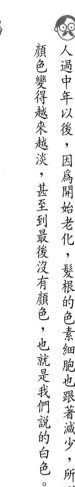

一枚子彈和一個女孩

在無常中思考人生

在我入伍服役時，曾聽說在高雄一所軍校裡發生過這樣的事：

某天傍晚，有個部隊在軍校後山的靶場結束了步槍實彈射擊訓練。負責裝備善後的士官長，發現了訓練後餘下的一枚子彈。報備過後，他便熟練的取過一把步槍，裝填上膛，朝著無窮遠處的天空響亮的擊發出這一槍。

「咻——」，大家彷彿眞能看見子彈激飛上天，漸漸消失在清澈的天空中。

這種消耗多餘彈藥的方式，在部隊裡司空見慣，並不奇怪。弟兄們如往常一般，在漸晚的天色裡，結束了軍旅生涯中辛苦的一天。

然而，事情卻沒有隨著這尋常的一天而結束。

話說那枚被擊發出去的子彈，在天空中飛了許久，最後飛到了離這所軍校、這座靶場很遠的荒山裡。這山裡有一間幾近荒廢的小廟。

當時正好有個父親載著他唸國二的女兒來拜拜。當爸爸進到廟裡去時，女兒堅持要坐在停在廟門前的機車上等。做什麼呢？也許她正因爲無聊而胡思亂想著吧！

這時，這枚子彈，仍然挾帶著強勁的力道，不偏不倚的就往這個女兒的背後飛去，穿胸而過，當場就殺了她。當父親上完香從廟裡出來，剛看到女兒安靜的趴坐在機車上不動時，還以爲她是睡著了呢。但發現實情之後，他的驚恐自然是不難想像的：怎麼在這種罕無人跡的山上，好端端的坐在機車上也能送命？

這位父親在廟裡到底求了什麼、許了什麼願，已無人會去過問，但可以確定的是，絕不會是這樣的悲劇。多麼諷刺呀！偏偏就在這位父親跟神明溝通、祈求神明保佑全家的時候，發生這種事。

（劉夏泱）

人生是無常的嗎？

生命中的「無常」和「常道」，是一道難解的謎。或許可以說，變幻莫測的是人生的命運，而永恆不變的則是生命的銷亡——凡具有物理生命之物沒有不死的，這可以說是必然的法則。

不過，整個宇宙似乎還有一種平衡和循環的法則——有消有長、有失有得、有所亡且有所生。正因爲有生生滅滅，才能使整個天地維持著動態的平衡。

老子在《道德經》第五章中說：整個宇宙像一個大風箱，短暫的生命，就像被天地不加愛惜的投進火焰中燒滅，受到命運的磨難，但也因此能繼續生化出無窮無盡的新生命。天地，正因爲對個別有限的生命沒有偏私和偏愛，才能體現出其無邊際、無窮盡的仁愛。

西方哲人對於天地人生也有所思考。中世紀的新柏拉圖主義者深信，個人生命、整個宇宙與作爲創生宇宙生命的上帝之間，具有密切的關連。狄奧尼修斯（Dionysius）所主張的「流出說」說：「作爲至善的上帝，自然流溢出美善的光輝，照耀世間一切的存有。上帝對於世界的創造，不單是上帝的作爲與能力，更是上帝本性的必然流露，並且是層級相符的美善彰顯。故此，萬物乃是由上帝而出，並渴望回歸本源。」每個存在者都把上帝視爲泉源、凝聚者、目的，也就是說生命歷程和宇宙萬物最後都有相同的結局，就是回歸到它們共同的源頭之中。

生命到底是什麼？

我們很難給生命一個明確的定義。美國科學家夏爾卡夫（Erwin Chargaff）認爲，生命只能以隱喻的方式思索：「我覺得有一條所有生者都參與的無限、非凡的洪流，而個別生物只不過是器皿、一個受體系統。器皿碎了、受體萎縮，洪流卻滾滾不息。它是永恆的，既不會增加，也不會減少；它先於一切器皿而存在，且比器皿更經久。」這種形容不就像老子思想和「流出說」所比喻的嗎？他又說：「器皿死亡，其內容卻永存，那就是愛和幻想、眷戀和希望、同情和體恤，還有解脫，這些都是洪流與器皿相互接觸之處。一絲這樣的感覺和一點回憶就足以照亮整個生命。」這不就是我們所深切感受到的生之價值？

和死神的約會

生命有限，何不盡情去「玩」

有個故事是這麼說的：在巴格達有個商人，要他的僕人去市場採買東西，但過沒多久那個僕人便跑了回來，臉色蒼白，渾身顫抖著。

「主人，剛才我去市場，在人群中被一個女人推了一把，我回頭一看，您猜怎麼了？我看見了推我的人，竟然就是死神。」這個僕人的聲音充滿了恐懼：「請把您的馬借給我吧！我要騎著牠遠走他鄉，躲過這一劫。我要去薩邁拉，這樣死神就找不到我了。」

於是商人將馬借給了他，這僕人立即騎上馬，疾奔而去。

不久之後，商人也來到了市場，他看見死神站在人群之中，於是走近前去問：「你今天早晨看見我的僕人，爲什麼要對他做一個可怕的動作呢？」

「那可不是什麼可怕的動作，我只是被嚇了一大跳。會在巴格達看見他，我覺得十分驚訝，因爲我和他今晚在薩邁拉有約。」死神回答。

這故事出自英國名作家毛姆（W. S. Maugham）的劇作《謝佩》（Sheppey），講的就是中國人所謂「命有定數」和「在劫難逃」的觀念。一個人即使預知了自己未來的命運，並極力去逃避，其所作所爲卻反而使自己落入悲慘的命運網羅之中。

印度史詩《薄伽梵歌》中記載一位名爲「于帝司提諾」的國王，爲了避免被湖水毒死而必須回答湖怪的問題。

問題：「世上最可怪的事是什麼？」

國王回答：「最可怪的事是，每個人都看到他父母的死亡，看到週遭生命的死亡，但是自己卻還活得好像永遠不會死一樣。殊堪可怪。」

或許就因爲我們總是輕忽死亡和生命的問題，得過且過，才會在死神乍然降臨時，感到驚慌失措吧！

（劉夏泱）

死亡可怕嗎？

希臘時代的哲學家伊比鳩魯（Epicurus）認爲，一件事物之所以會令人害怕，是因爲我們能對它有所知覺。但既然死後的我們不再有知覺，爲什麼要害怕死亡呢？「當我們存在時，死亡並不存在；當死亡存在時，我們並不存在。」他認爲害怕死亡是非理性的。

了解到死亡沒什麼可怕，反而使生命的有限變成好事。因爲知道有死亡，知道生命終會結束，讓我們害怕自己的生命只是一場虛幻，讓我們迫切關心「人生究竟爲何？生命的意義爲何？」我們會思考自己活著到底有什麼意義。

對於行動遲緩的人類來說，如果意識不到時間的有限、個體存在的渺小，很可能會一事無成。換言之，侷限可以轉化成高度的創造力。

死後有靈魂嗎？靈魂永遠存在嗎？

伊比鳩魯是不相信靈魂不朽的。他認爲即使沒有靈魂不朽，我們也不該害怕死亡，更不該去渴望永生，我們只該把握現世，追求快樂和幸福。

我們該如何看待自己的生命呢？唯一能做和該做的就是，把有限的生命活動本身視爲「目的」。而人是只有在遊戲時，才會把活動本身視爲目的來進行的。所以，看待生命正確的方式就是將生命視爲一場「遊戲」，全然投入且享受在其中。

如果能體認到我們將在不遠的將來死去，並因此用果決的行動爲生命創造意義，那麼死亡就不再是生命無意義的終結了。

星雲大師談生死

生命之流，無窮無盡

（李美綾）

圖片提供／佛光山

星雲大師，江蘇人，童年出家。民國三十八年來台，先至宜蘭雷音寺弘法，後在高雄創立佛光山，將佛教傳遍全台。提倡「人間佛教」，主張佛法應在生活中實踐，因此走入人群，曾主編佛教刊物多種，創立「人間衛視」、十六所佛學院、美國西來、嘉義南華、宜蘭佛光等三所大學、九間美術博物館，二十六間圖書館等，並於海內外廣設別院、道場，近年來更奔走全球各地弘法。

請問大師對生命有什麼看法？

生命有狹義的生命——你的生命、我的生命、人類的生命；還有廣義的生命——地球、山水、樹木、花草，都有生命。甚至不只動、植物，桌子、茶杯、房子、一張紙，都有生命。

比方說，茶杯可以喝茶，衣服可以穿，要是我愛惜它，它可以用二十年；不愛惜它，可能三年、或三個月就壞了。

生命是在愛裡生存的，有愛，生命才能夠延續，例如父母有愛，才有小娃娃的誕生。所以我們對於所有的物質要加以愛惜、珍惜，才能讓它們的生命長存。

以廣義來說，我們都活在生命裡，生命是共同的、互助的，你幫助我，我幫助你，共生共存。生命的生存要靠緣分，如果不愛惜，讓因緣沒有了，我們就沒辦法生存了。例如農人不農耕，我就沒飯吃；工人不做工，我就買不到東西。

佛教所說的輪迴是怎麼一回事？

宇宙的任何東西都有「成住壞空」，這是生命自然的現象。

眾生都有「生、老、病、死」的過程，例如，人生了就要老，老了就會病，病了可能就會死，死了才會再生，這都是自然的。死就等於睡覺，明天醒來，又生了。生了要死，死了要生，一切都有輪迴，而不是從某個地方走到另一個地方。

打個比方，生命就像一杯水，杯子是身體，水是生命本身。杯子如果打壞了，是不可能恢復的；但是水流在桌上，收集起來，一滴也不會少。這就好比身體壞了，生命之流會流到別的地方去，並不消失。

一杯水可能流到田地裡灌溉作物、流到大海裡與大海共存，也可能流到水溝裡糟蹋掉了。生命也是一樣，我們要珍惜生命，做好事、做功德，讓自己有好的生命之流。

為什麼許多人害怕死亡？

許多人不喜歡談死亡。比方說有一個人，老年得子，特別請客慶祝，另外一位出家人卻在門口流淚。主人不高興，問他：「生兒子是喜事，你哭什麼？」他回答：「因爲你們家多了一個死人。」這位出家人說得對啊，有「生」以後，未來一定會「死」的！

對生命不了解，對死不了解，才會有害怕和痛苦。一個人活著的時候，知道自己是誰、叫什麼名字，但是到了來生就記不得了，這就叫做「隔陰之迷」。因爲對前世和來生覺得迷惑，所以會感到恐懼。

其實死也是一種希望，因爲死了就可以換一個新的身體。死亡，就像搬家、移民，有喬遷之喜，爲什麼不歡喜呢？

還有些人排斥與親友離別，但事實上，人生相聚是靠緣分的，緣分不會永遠不變，這在因緣果報裡是很普遍的，不必太介意，否則生命會不快樂。有緣要好好珍惜，沒有緣了就好好去建立新的因緣。

您曾掉到冰河裡、騎腳踏車掉到深溝裡、被關進監牢差點槍斃……，哪一次讓您最深刻體驗到死亡？

體驗到死亡的含義，從死亡邊緣回來的經驗，我想許多人都有。例如小時候在馬路上玩，一輛車子突然開過去，啊！好危險，差點被壓死。

在幾十年前的社會，醫學不昌明，政治也混亂，死是很簡單的事。不過掉到冰河裡或栽到深溝裡，我倒不覺得很嚴重，因爲那是突然發生的，來不及恐懼；但是被拖到刑場去槍斃，記憶就特別深刻。

當時國共內戰激烈，共產黨懷疑我是國民黨，想打死我，國民黨懷疑我是匪諜，也想打死我，我沒辦法逃。我記得事情發生當天，陽光特別刺眼，但我卻覺得太陽黯淡無光！我沒有害怕，只是覺得可惜，自己這麼年輕，才二十一歲，死了連父母都不知道，而且還有很多理想沒有實現。

後來才知道這是一個誤會。我不是被送上刑場，而是被送到另外一個地方去接受審問。這個經歷讓我面對死亡，感到自己從鬼門關回來，從此對生命有更深一層的認識。

您覺得自己做過最開心的事情是什麼？

最開心的是做和尚、出家！

我會做很多事，我會教書、寫文章，我也會建房子、做泥水工和木工、園藝、設計。你說行行都很好，我覺得行行都不好，因為那些工作太過粗俗，只有出家做和尚很細膩、很有內涵，可以看得破，人生很自在。

您有沒有話想對青少年說？

努力，向前，活在希望裡；要做對人有貢獻的人，不要有虧欠；如果能做到不虧欠別人，而且對人有貢獻，那就好了。

The Eurasian Publishing Group
圓神出版事業機構
用心與你對話・視野無限寬廣

圓神出版社
Eurasian Press

http://www.booklife.com.tw　　inquiries@mail.eurasian.com.tw

說給我的孩子聽 07

面對人生的10堂課——生與死

發 行 人／簡志忠
出 版 者／圓神出版社有限公司
地　　址／台北市南京東路四段 50 號 6 樓之1
電　　話／（02）2579-6600・2579-8800・2570-3939
傳　　真／（02）2579-0338・2577-3220・2570-3636
郵撥帳號／18598712　圓神出版社有限公司
副總編輯／陳秋月
主　　編／林慈敏
策　　劃／簡志忠
審　　定／張之傑
套書主編／李美綾
插　　畫／游耀創
責任編輯／李美綾
校　　對／李美綾・傅小芸
美術編輯／劉鳳剛
排　　版／莊寶鈴
印務統籌／林永潔
監　　印／高榮祥
總 經 銷／叩應有限公司
法律顧問／圓神出版事業機構法律顧問　蕭雄淋律師
印　　刷／龍岡彩色印刷
2005年5月　初版

定價 250 元　　ISBN 986-133-070-4

國家圖書館出版品預行編目資料

面對人生的10堂課．生與死 / 林慈敏主編.
-- 初版. -- 臺北市 : 圓神, 2005[民94]
面； 公分. -- (說給我的孩子聽系列 ; 7)

ISBN 986-133-070-4 （精裝）

1. 親職教育 2. 父母與子女

528.21 94004318

說給我的孩子聽系列　**面對人生的10堂課**

說給我的孩子聽系列　**面對人生的10堂課**